鏨《たがね》師《し》

平岩弓枝

文藝春秋

目次

鏨師《たがねし》

鏨師《たがねし》

一

路地に入ると、琴が聞えた。

「ほ、稽古日だったか……」

呟いて、福原茂雄は足音を忍ばせた。

だが、「琴、三絃、地唄御稽古所」と散らし書きにした看板が控え目に打ってある格子を開けてみると、たたきの上に外来らしい履物は一足もなかった。

「お帰りなさいまし。やっぱり一足ちがいでしたわ」

出迎えた妻の篠子が明治生れの女らしく語尾を口の中で消して、手早く外套《がいとう》を受け取った。

「お弟子さんが来てたのじゃなかったのか」

茶の間の切り炬燵《ごたつ》に足を入れながら茂雄は開け放したままの奥をのぞくようにした。六畳の真ん中に琴が一面、ひんやりと置かれていた。

「いえ、あたしが……なんだかちょっと弾いてみたいような気になりましてね」

篠子は横顔を見せた儘《まま》、鉄瓶の湯を急須に注いでいた。白い湯気が、篠子の白毛混りのおくれ毛を慄《ふる》わせた。

「珍しいことだ……」

茶碗を受け取って、茂雄は妻を労わるように微笑した。

明治から大正にかけて民間刀剣鑑定家として知られた高野篁介の書生だった茂雄が、篁介の長女、篠子と結婚して師の鑑定法を継いでから、もう三十年の余にもなる。

刀剣の鑑定以外に定職を持たず、先代からの刀剣愛好家グループの機関誌「かたな」の発行と、たまさか持ち込まれる刀剣鑑定の謝礼だけではどうにもならない家計を、篠子が地唄の教授で補っている。

子がなく、身寄りを持たない夫婦は五十を過ぎてから、無意識の中に互を支え合う習慣を身につけていた。

「珍しいと言えば、今日は宮崎君に逢ってね。知ってるだろう、刀鍛冶の宮崎利一君」

大ぶりな湯呑の温かさを掌《たなごころ》に包み、茂雄は続けた。

「文化財として国家の指定を受けた程の刀鍛冶でも生活は随分ひどいものらしいな。暮しのためとは言いながら、鋤だの鍬だのを焼いていると、刀が打ちたくて気が狂いそうになるそうだ。刀が打ちたい、打たせて欲しいと逢っている間中、繰り返していたが……」

「名人といわれる宮崎さんほどの方でも、そんなに刀の注文がないんでしょうか？」

「そりゃあそうだよ。今時、新しい刀を一本打たせるには少くとも三万円はかかるだろう。それだけの金を出して新身《あらみ》を買うなら、江戸のちょいとした刀が入手出来るからね。わたしだってそうするだろう。だからと言って宮崎君の作った刀が悪いというんじゃない。三百年も経ってみれば立派な傑作として残されるだろう。そこんところのかね合いが難しいんだな」

言いさして、ふと茂雄は篠子が片付けている猫板の上の客用茶碗に気がついた。やっぱり、一足ちがい……と言った篠子の一人合点がひょいと思い出された。

「誰か、客があったのか」

客茶碗のへりにはうっすらと紅が残っていた。

「あの……ええ」

曖昧《あいまい》な篠子の返事に、茂雄は怪訝《けげん》な顔になった。妻が口籠らねばならぬような女客の見当はまるでつかなかった。

「あの、実は先程、三千代ちゃんが来ましてね。あなたの帰りを待つように申しましたのですけれども……」

おずおずと篠子が言った。

「志村の三千代が……？」

不快の色が茂雄の顔をかすめた。

「又、なんじゃないのか。親父が何か言いつけてよこしたんだろう」

「それが、あなた、志村は胃癌で入院していますんですって……」

茂雄は茶をがぶりと飲んだ。

「ほう、それでもまだ生きてたのかね」

三年ほど前、新宿駅の構内で偶然、顔を合わせた時の志村逸平の卑屈な態度が目に浮んで、茂雄は露骨に眉を寄せた。

「あれとは十年も前にきっぱりと縁を切った筈だ。なにを今更、娘なんぞ寄こして……」

志村逸平は茂雄にとって義弟に当る男であった。篠子の妹の芳子が彼との間に三千代を産んでいる。三千代は篠子の唯一人の姪であり、肉親でもあった。

「そりゃあ、あなたは男ですからそんな風に割切っておいでだけれど……三千代になんの罪があるわけじゃなし……今日、あの子が玄関に立つ姿を見たら、つい、不《ふ》愍《びん》で……」

火箸をもてあそびながら鼻をつまらせた。

「いったい、何だって言うんだ」

ひろげた新聞の後から茂雄は暫く間をおいて訊いた。

「申し上げようと思ったのですけど、止めますわ。どうせあなたは嫌な顔をなさるんですから……」

昔のお嬢さん育ちをふっと顔に出して、意固地な言い方をした。それでもふっくらと丸味のある篠子の声は夫婦の間にとがった感情を作らなかった。

「どうせ言わずに済むわけじゃないのだから、早く言った方がいいにきまってますけど……」

茂雄が新聞を読むポーズを守り続けていると、篠子は一人で妥協の道を開いてきた。

「三千代が刀を持って来たんですの。いいえ父親には内緒で来たらしゅうございます。めぼしい刀剣類はとうの昔に志村が持ち出して競輪のお金にしてしまったんだそうですけど、その一本だけは売るのが惜しかったのか、どうしても手放せなかったのか、とにかく茶箱の中にしまってあったんですって、今度、志村が入院して、あの子が家の中の物を整理して、みつけたというんですよ」

「それを売りたいというのかい」

「売れればそれに越したことはないんでしょうけどね。散々、ペテンなんぞであぶく銭をもうけたくせに、やっぱり悪銭身につかずっていうのか、戦争からこっちは随分ひどい暮しをしてたらしいんですよ。三千代がいうには、とにかく刀のことは何も分らないし、志村に聞いてもアルコール中毒で頭がぼけてるところへ持ってきて、胃の手術で体力が衰えてるものだから、さっぱり通じないんで、あなたに見てもらってその上で、どうにかなるものなら処分したいと思ってるらしいんですよ」

茂雄はようやく新聞から顔を放した。

「銘があるのかい」

「さあ、三千代じゃ中心《なかご》を改めることも知らないでしょう。私もあなたがお帰りになるまでは、なまじ、いじらない方がいいと思って」

「在銘物だと危いぞ。なにしろ偽銘切りの名人の家にあったものじゃあ……」

巻煙草に手を伸ばしながら、茂雄は苦っぽく笑った。

「そうなんですの、私もそれが気になるんですけれど……」

夫婦は複雑な目を見合わせた。

十数年前、福原茂雄が志村逸平を義絶し、以後一切、両家の往来を禁じた直接の動機は、逸平が福原茂雄の名を使って大がかりなペテンを働いた事に起因する。

元来、志村逸平という男は、鑢《やすり》の目切り師であった。鑢にする鉄板に細い鏨で小さな目を一つずつ正確に刻んで行く仕事の熟練工なので、指先は極めて器用であった。

だが、やがて鑢造りの仕事が機械化されると、当然、目切り師という職は不要となる。失業した逸平に近づいたのが刀鍛冶上りの刀剣商の東舎松太郎だった。

彼は逸平の神技に近い鏨の業《わざ》を利用して、偽銘切りを思いついたのだ。

銘とは、刀剣の中心《なかご》、つまり柄の部分に当る研《とぎ》のかかっていない、鑢目のところに、その刀剣を鍛えた刀匠が己れの名を鏨で刻むことで、普通、銘を切ると称している。

古美術として現存している刀剣の中には、刀匠が出来上りに満足せず、自らの名を刻むのを恥としてか、もしくは別の理由によって故意に銘を切らない、俗にいう無銘のものの数が極めて多い。

この無銘物をおよそ誰それの作と、刀身の姿、焼き、その他の特徴によって推定するのは鑑定家の領分だが、同じ一本の刀でも来国俊《らいくにとし》と、無銘ながら「国俊」と判断されるのでは刀剣界の評価から言っても、刀の値にも格段の差が生じる。

まして刀剣商の側から言えば、幕末の或る刀商が近藤勇から虎徹《こてつ》の刀を探してくれと依頼されて、日限までに適当な物が見つからず、当時四谷正宗と呼ばれる山浦清麿《きよまろ》の刀を手に入れて、清麿の銘をすり消してその代りに偽銘切りの名人といわれた鍛冶平《かじひら》に、「長曾禰《ながそね》虎徹興里《おきさと》」と偽銘を切らして法外な値で売りつけたという話でも分るように、無銘では買い手のつかない刀でも、著名な刀工の銘で、それも本物そっくりの銘さえあれば、ぼろい儲けが出来るわけだ。

従って、もっぱら名の通った刀工の作に酷似した無銘物や田舎鍛冶の三流品の在銘物をすり落して、偽銘を切り、偽物を作ることは古くからしばしば行われていた。

だが、これには容易ならぬ技術が要った。細鏨一本で、本物の銘の字の癖、形、伸び加減など寸分違わず模写しなければならないのと、もう一つは模写に付き物の力の弱さをカバーしなければならない。

加えて、在銘物を一度すり消して、新しく銘を刻む場合には、中心《なかご》の錆《さび》が全部取れてしまっているから、切った偽銘の時代に相応する錆をつけなければ、露《ば》れてしまう。錆というものは年月を経て自然に現れるのであって一朝一夕に出てくるものではないが、そんな事を言っていては商売にならないから、人工的に錆を作り出さねばまずい。これが古くから偽銘切り師の秘伝になっていて、中心で塩鮭を焼いたり、塩昆布を巻きつけて地下へ置いたり、中には味噌を塗るのが効果が早いと聞いて、たっぷり中心に味噌を塗りつけたのはいいが、中心の部分を上にして刀を立てかけておいたものだから、味噌が流れ出して肝腎の鎬地《しのぎじ》や刃の部分までが赤錆びて使い物にならなくなったような笑い話めいた逸話さえ伝っている。

とにかく、そんな苦心を重ね、危い橋を渡っても欲にせっつかれて偽銘を切る者が後を絶たなかった。

そして、志村逸平が東舎松太郎の巧みな指導と天性の指先によって、幕末の鍛冶平以来といわれる偽銘切りの業を身につけたのは、昭和七、八年、世間では満洲事変の勃発と共に刀剣の価値、需要が叫ばれ始めた時期であった。

無論、東舎松太郎の才覚で表向きは刀剣商の看板をかけていたが、自分で偽銘を切った刀は一切松太郎が捌《さば》いて、自分の店では手がけなかった。逸平の偽銘切りの発覚がかなり遅れたのも、そうした要心深さの為でもあった。刀剣愛好家として高野篁介の邸に出入りする中に、次女の芳子に惚れられて強引に夫婦になったのも、この前後である。

逸平の偽銘切りを最初に発見したのは皮肉な事に高野篁介であった。持ち主に売り手を尋ね刀剣商をたぐっている中に、東舎松太郎と逸平の線が浮んで来る。

「当代これだけの偽銘切りがいるとは聞いていない」

篁介の疑惑は目切り師の過去を持った志村逸平に向けられた。ひそかに娘の芳子を呼んで詰問すると、かくし切れずに偽銘切りの事実を白状した。謹厳実直な高野篁介である。偽銘切りの行為にはひどく立腹したが、娘婿のことではある。逸平は呼びつけられて諄々《じゅんじゅん》と不心得を責められた。

だが、その場でいくら頭を下げても、逸平は偽銘切りを止めなかった。金が入ってくるという以外に、逸平は偽銘を切る鏨の面白さに取りつかれていたのだ。

「よし、あいつがその気なら、わしはわしの鑑定家としての生命を賭けて、逸平の偽銘を見破ってみせる」

老いに鞭うつような宣言通りに、高野篁介は随所に持ちこまれる逸平の偽銘物を片はしからあばいた。

刀身の中心《なかご》の上に生半紙を当て、つり鐘墨でこすって銘を写し取る。こうした偽銘の写しと本物の写しとを比較する事によって、篁介は逸平の癖を見出す材料をいくつも発見した。

癖を消そうとする逸平の努力と、癖を発見しようとする篁介との戦いは二年間、鏑を削った。冬、高野篁介は魂を燃やし尽したように死んだ。

「鑑定家と鏨師との勝負だ。刀剣の正邪がそれに賭けられている。頼むぞ、福原……」

師の遺言を福原茂雄は臨終の枕辺で泣きながら聞いた。

しかし、対決は次の春に来た。

関東地区の刀剣商が主催する刀剣即売会の最終日に、最高の値がついた「長曾禰虎徹」二尺五寸一分を、鑑定席にいた福原茂雄が、

「偽銘なり」

と断言したのである。出席者は色めき立った。だが、茂雄は「長曾禰興里入道虎徹」の銘の中、虎の字を虎《はねとら》のように切った跳虎《はねとら》時代と乕の字に切った角虎時代とが、万治以後の虎徹の銘にあることを指摘し、

「この偽銘は跳虎時代から角虎時代に移る時期、つまり鑑定法の穴をねらったものと思われます」

と前置きして、全体の文字の形が、正真の虎徹の場合は線の終りがくっきりと角に切れて直角三角形をなしているのに対し、偽銘の方は線が次第に細くなり、先端が正三角形状につぼまっている。いうまでもなく、後者は模倣による力の弱さが線の終りに出たもので、この偽銘の特徴は既に亡き高野篁介先生が材料を集められている、と例の中心《なかご》の押し型をずらりと並べて実証して見せた。

勝負はきまった。

どよめく人垣の後に、茂雄は東舎松太郎の強いて狼狽を押しかくした虚々《そらぞら》しい顔を見た。それと二重写しに志村逸平の無念げな形相が浮んで、茂雄は思わず心中に快哉を叫んでいた。

この事件以後逸平の偽銘物はばったり姿を消してしまった。一つには刀剣界において東舎の信用がまるでなくなったために、東舎自身、逸平の偽銘物を扱うのを中止せざるを得なくなったのである。

とにかく、逸平が偽銘切りを止めたというので一番喜んだのは福原茂雄であった。なんと言っても妻の縁につながる一家ではある。戦前から戦時にかけて親類づきあいが復活した。逸平は神妙に茂雄のやっている「かたな」という雑誌の編集を手伝った。が、それも終戦の二年前に芳子が急性肺炎を患って死んだ頃からぼつぼつ崩れ出した。

茂雄と同じく高野篁介の門下生で、或る官幣大社の神官を勤めている井藤周作という男がいた。茂雄とは同郷の好誼《よしみ》もあって平常から極めて親しくしていた。井藤の口から、或る時、現在の神社にはどこでも宝物庫にかなりな数の刀剣があるが、神社には刀を見る目のある者も、手入れの出来る者もいないため、錆びたり、損じたりしがちで放ってある。このままでは美術的に価値のあるものも取り返しのつかない状態になってしまうのではないかという話が出た。その席には志村逸平もいた。

「どうだろう。私はどうせ仕事もなく暇をもて余しているのだから、そういった神社を歩いて、刀の手入れをしようじゃないか」

逸平が言い出すと井藤は一も二もなく喜んだ。早速、井藤が紹介状を書き、神社側は逸平を宝庫へ導いた。

逸平はまかせられた刀を三種類に分けた。偽物とはっきり分っていて、正宗とか一文字とかの銘のある物を一級品として、その次に二流鍛冶のもの、三級品として無銘ながら歴っきとした値うちのあるものを置いた。

「とにかく、こんなにひどくなっていては、もう私の手には負えませんよ。早く研ぎに出さないといけませんな。神社の御予算に研ぎ料が組んでおありなさらないなら、ようございます。この三級品はどうせ宝庫に置いてもなんの価値もないなまくら物ですから、これを私が処分して一級品の研ぎ料にまわしてお上げしましょう。なに、よござんすよ。昵懇《じっこん》にしている刀屋がありますから、なんたってお宮さんのことだ。研ぎ師にも文句は言わせませんですよ」

地方の神社ほど、刀剣の目ききにはうとい。逸平の舌先に引っかかって、唯々諾々と貴重な刀剣を手放してしまった。

「近頃、東舎の店から無銘物のいい物がだいぶ出ているぞ」

そんな噂を福原茂雄が耳にしたのと、たまたま出張で地方の神社を訪れた井藤周作が、一カ月ばかり前に志村逸平が手を入れたという宝物庫をのぞいて、研ぎ立ての偽物がずらりと並んでいることから、その子細を聞き、もしやと思いついて福原の許へかけつけたのが殆んど同時だった。

「君には言う言葉もない。一生かかってもこの償いはする……」

井藤の前に手を突いた茂雄は、その場で家族に対し志村逸平と義絶することを厳しく申し渡した。

茂雄は神社に残された宝物帳の控えを頼りに、東舎の手で売られた刀剣類を買い戻しては、井藤から神社へ返却させた。福原一家の財政は忽ち逼迫《ひっぱく》し、一人息子の淳一は、家計の苦しさを慮《おもんぱか》って、進学を諦め自ら予科練に志願し終戦の直前、南海に散った。

「志村が殺したようなものです。志村がたった一人の息子を……」

淳一の遺骨を前にして篠子が狂気のように泣いたのを、茂雄も亦、未だに忘れかねた。

（その逸平の娘が持って来た刀……）

茂雄は見ないでも分るような気がした。

「三千代はその刀を置いて行ったのか」

灰皿に煙草をこすりつけて、茂雄はゆっくり言った。

「重い物ですし、あずかって欲しいと言いましたから……」

「持っておいで」

「見て下さいますの」

茂雄があとうなずくと篠子はいそいそと立ち上った。奥から細長い包を抱えてきた。木綿の風呂敷を解き、古ぼけた刀の袋の紐をほどく。茂雄は正座し、素鞘《しらざや》をすらりと抜いた。

一尺五寸九分。茂雄の額にきらりと緊張が走った。

だが、目釘を抜き、中心《なかご》を改めると、

「いけないよ」

篠子に首を振って見せた。元通りに柄をはめ、鞘に収めた。

「やっぱり……」

眉をひそめて篠子が訊いた。

「因縁だねえ、虎徹なんだよ」

「まあ、それじゃあ、ずっと昔、あなたが即売会で鑑定なすった……？」

「そうじゃない、あれは二尺三寸以上もあって跳虎に切ってあった。これは同じ逸平の偽銘でも角虎の方なんだ。しかし、よく出来てるねえ。銘も本物そっくりに見えるし、中身もいいものだ。いっそ、無銘だったら虎徹と鑑定したいところだったね」

刀袋を引き寄せながら、茂雄は薄く笑った。

「三千代がかわいそうですわ」

炭を足していた篠子が、ぽつんと言った。

都電を下りた所の果物屋で、三千代は林檎を買った。

牛込にある国立病院の階段を上りながら片手でマフラーをはずした。

「あ、志村さん」

下りて来た医師が、ちょうどよかったといった表情で三千代に近づいた。

「お父さんですがね。やっぱり手術は無理かも知れませんね。なにしろ衰弱がひどいので……。ちょっと御相談しておかねばならないこともありますから、あとで医務室へ来て下さい」

丁寧に頭を下げて、三千代は暗い廊下を歩いた。大部屋になっている病室のドアを押し、窓ぎわのベッドに近づくと、逸平は目をあけていた。

「福原先生、お留守でした。でも、おあずけして来ました……」

顔を近づけて三千代は父の目を見た。

一つ、うなずいて、逸平は瞼を閉じた。

二

井藤周作が訪れたのは、ひどく底冷えのする夕方であった。茂雄は銭湯から帰って来たばかりの丹前姿で彼を迎えた。

「なに、ついこの上の湯島天神で神職の寄り合いがあったもんで、ちょっと寄ってみたんだ」

井藤は脂肪肥りで括《くび》れのはいるような盆の窪を叩きながら、炬燵に胡坐《あぐら》を組んだ。

「暮で忙しいんだろう」

篠子に酒の仕度を言いつけて茂雄は笑いかけた。

「飲むほうがね」

「いや、それが最近は全然駄目なんだ。高血圧の危険信号が出たら、もういけませんよ。昔みたいな真似をしたら翌日すぐ体に響いてくるんだから……」

井藤は拘泥《こだわり》のない調子で言った。

「それでも伜《せがれ》がどうやら神主の跡目《あと》を継ぐ気になってくれたんでね、ま、一段落ついたようなもんだ」

「ほう、高志《たかし》君がね。何年《いくつ》になったんだ」

「来春、卒業だから二十四、いや五になるのかな」

「そんなになるのかい。驚いたな」

茂雄は憮然とした。

（淳一が生きていれば……もう三十くらいになる筈だ……）

篠子がありあわせに猪口を添えて炬燵の上に並べた。

「ほんとにお久しぶりでございますね、皆さん、お変りございませんか」

酌をして、すぐ又立って行った。

「おい、何を考えてる」

茂雄は苦笑した。

「なに、死児の年齢《とし》を数えてみたのさ」

盃をあけて、客の酌を受けた。ふと、思いついて腰を上げた。

「いいものがある、見せよう」

床の間に置いてあった例の刀を運んで来た。三千代が持って来た「長曾禰虎徹」であった。

「なんだ、鑑定を頼まれたのか」

「いや、在銘物なんだが、まあ、何と見るかな」

「とんだところで試験されるんだな、駄目だよ。近頃はとんと不勉強だから……」

それでも井藤は作法通り、刀に一礼して鞘を払った。

烏賊《いか》を焼く匂いが台所から流れて来る。代りの銚子を持って入って来た篠子が刀を見ている井藤に、あらと声をかけるのを茂雄は素早く目で制した。

「いい虎徹じゃないか。持主は誰なんだ」

しばらくして、井藤はうなるような呟きを洩らした。

「姿は頃合だし、重ねは充分、肉置きがよく地は小杢目《こもくめ》が強く、美しい。刃文《はもん》細く小足入り、焼深くして荒錵《にえ》のつきが烈しい。寛文六年頃の作か」

飽かぬもののように井藤は打ち返し、眺めた。

「それがね……」

逸平の偽銘物なんだよ、といいかけて、茂雄はふっと口籠った。井藤の言葉の真剣さが茂雄を躊躇《ためら》わせた。

「中心《なかご》を見せて貰っていいだろう」

井藤は返事を待たずに目釘をはずした。茂雄は息を呑んだ。

銘の研究では若い頃から井藤の方がむしろ上《う》わ手だった。

「井藤の勘《かん》はよう当る」

と死んだ高野篁介がよく言ったものだ。

「ほう、やっぱり角虎か、見事なものだな」

茂雄はまじまじと井藤を見た。

「正真の虎徹と鑑《み》るかい……」

井藤は大きくうなずいた。

「無論だよ。これだけのものは滅多にあるまい……」

「だが」

「虎徹の贋作は多いからな。虎徹と見たら贋物と思え、か。しかし、こりゃあ立派だよ。いずれ名の通った人の秘蔵品だろうが……」

刀身に目礼して鞘に収めた。

「いや、いい物を見せて貰った。腹の中がすっきりするようだ」

井藤は上機嫌で盃を上げた。

茂雄は遂に逸平とも、偽銘とも言い出す機会を失った。

井藤が腰をあげたのは十一時を廻っていた。通りで車を拾うために篠子が送って出た後、茂雄は縁側に出て、例の「虎徹」を鑑《み》た。

狭い庭に霜が白かった。月光も白く、刀身も又、冴々と白い。

刃表の色は深く、刃中刃縁《はちゆうはぶち》の沸《にえ》が荒く、全体が絢爛《けんらん》たるままにぼんやりと霞んで見えた。

茂雄の脳裡に、過去四十年を通して目にした様々の虎徹の刃文が浮んだ。長い鑑定家の生涯には名品と呼ばれる虎徹の数本も鑑《み》る機会に恵まれたし、その印象はまざまざと眼の奥に焼きついている。そうした記憶に残る名品「虎徹」と、月光にさらされたこの白い刀身と比較してみて、

「勝るとも劣らない……」

茂雄は深く息を吐いた。

（俺はとんでもない間違いをしているのかも知れぬ……）

偽銘切りの名人、逸平が所有した刀という色めがねで最初からこの刀に向いはしなかったか。頭から偽物扱いで刀身を改め、中心《なかご》を見、銘を否定した。

（鑑定家として恥ずべき態度だ）

もし、これが歴とした持主の手から渡った品物であったとしたら……。

茂雄の心に迷いが湧いた。

中心を開けて、しげじけと銘を見た。生半紙とつり鐘墨を取り出して、銘の押し型も写して丹念に古い本物の虎徹の押し型と比べた。逸平の偽銘の押し型とも比較した。

（解らない……）

正真の虎徹の銘とは瓜二つであった。線の終りはほぼ直三角形のようであった。

だが、見ようによっては逸平の癖がどことなしに感じられもするのだ。

否定と肯定とが、茂雄の心の中に平行のまま、じりじりと進んだ。激しく争った。

中心《なかご》を又、うち返して見た。錆の美しく浮いている中心は形正しく、鎬筋が判然と通り、鑢が利いて鑢目が正確に残っていた。表に「長曾禰興里入道虎徹」と切った長銘は、本物と思って見れば力強く、模写と思えば弱々しい細鏨の痕であった。長の字と、曾の字とが半分ばかり目釘穴にかかっているのも、正真の虎徹にはよくある特徴とされている。

茂雄の白い横鬢《よこびん》の毛は凍ったように動かなかった。

中二日ほど置いて、茂雄は上野博物館に大槻亀吉博士を訪ねた。

日本刀鑑定界は明治以後、幕府御用鑑定家の系譜を持つ本阿彌系と、高野篁介を筆頭とする民間研究家系、文部省、宮内省、博物館などの学者グループ系の三派に大別される。大槻亀吉博士は博物館系の重鎮であると同時に刀剣の歴史研究家として数々の著書もあり、その秀れた鑑識には定評があった。

茂雄はかねて一応の面識のある大槻博士に例の「虎徹」の鑑定を依頼する気になったのだ。

結果は「正真の虎徹、寛文六年前後の作」と折り紙がつけられた。

「立派なものです。貴重刀剣の指定がまだなら、早速、推薦の手続きを取りましょう」

大槻博士は温厚な老顔をほころばせて言った。

「持主の名前が出せないようにおっしゃったが、なんですか。手放したいような意向ですか」

訊かれて茂雄は当惑した。

「少々、こみ入ったわけがありまして、いずれは私が買い手を探さねばなりませんようなことになりましょうが、先生の折り紙を頂いたとなると値も高価になることですし、私の所に出入する刀屋ではとても手に負えますまいし……」

「急がないなら、あずかってもいいですよ。来月の鑑定日に適当な刀屋に紹介してあげますが……これだけの虎徹なら、まあ希望者のないことはありますまい。持主の方が急がれるのだとまずいでしょうが……」

日本刀剣保存協会では月に一度、貴重刀剣の鑑定日を博物館で催す。貴重刀剣の指定を受ければ、その刀の値うちは数倍、もしくは数十倍になるから毎月、刀剣商、その他が持ち込んでくる刀の数は三、四百本にもなる。それを大槻博士ら、博物館系の鑑定家が調べてパスしたものに貴重刀剣の折り紙がつくのだ。

結局、茂雄は大槻博士に刀をあずけて博物館を辞した。

枯葉の散らばっている砂利道は下駄をきしませ、ひどく歩きにくかったが、それも苦にならないほど茂雄は気が軽かった。肩の荷をおろしたように足早く坂を下った。

それから新宿へ——。

師走の街はもうネオンが点《つ》いていた。三千代が勤めているという美容院を、茂雄は篠子から聞いていた。三千代に逢って、自分の不明を詫び、旁々《かたがた》独断で刀を大槻博士に依頼したことの諒解を得なければならないと思った。

繁華街にあるその大きな美容院は女客が溢れていた。ドアを開けた茂雄の角外套姿が明るい蛍光灯の下で異様だった。男には無縁の世界である。白い制服を着た小柄な一人が近寄って来た。声が男であった。一流の美容院には男の美容師を置く所もあるということを、茂雄は無論、知らなかった。呆気にとられた。

「志村三千代の伯父ですが……」

口籠りながら言いかけた時、正面の大きな鏡の前から、同じような白衣を着た女が近づいて来て男の美容師に何か言った。それから茂雄に向って深く頭を下げ、低い声で挨拶した。

「この間はお留守に伺いまして……」

後で一つにまとめた長い髪、切れが長くて大きすぎる眼、固く結んだ唇、右頬にくっきりと目立つ黒子《ほくろ》、茂雄はそこに志村三千代の幼な顔を漸《ようや》く思い出した。

三

三千代に指定された喫茶店の隅で、茂雄は二杯目のコーヒーに口をつけた。

「この間の刀の件で是非話したいことがあってね。病院も見舞いたいと思うのだが」

茂雄の言葉を聞くと三千代はさっと緊張した。僅かなためらいを見せた後、自分も病院へ行かねばならぬ用があるからお供してもよいが、仕事が一段落つくまで待ってもらえるかどうか、という。茂雄は待とう、と答えた。

クリスマスが近いせいか、店内のスピーカーはジングルベルスとホワイト・クリスマスを交互に繰り返している。

何度目かにドアをふりむいた時、茂雄は黒いオーバーを抱えた三千代の姿を見た。

「すみません。お待たせ致しました。暮なものですからお店が忙しくて……」

三千代はぎごちなく詫びた。十年ぶりで逢った伯父を意識して固くなっている風

であった。茂雄にはそんな姪が不愍に見えた。ウエイトレスに声をかけようとすると、三千代は、

「私、時間がありませんので……」

と首をふる。茂雄は店を出るとタクシーを止めた。

「実はこの間、置いて行った刀だが、あれは非常な名品だということがはっきりしたのだよ」

車が動き出すと、茂雄はせっかちに話し始めた。

「打ち割って話せば、私はてっきり偽銘とばかり思い込んでいたのだが、それはとんでもない鑑定違いだった。よく考えてみればあの刀が本物だったからこそ、君の親父も手放せないでいたので、偽銘を切ったものならとうに処分する筈だ。君も逸平の娘だから聞いているだろうが、なにしろ虎徹という刀は江戸時代には旗本、町奴の徒を問わず、虎徹を帯びるのを一種の面目にしていた位で、戦後の刀剣界でも虎徹を愛玩する事は非常なものだし、素人にも圧倒的な人気がある。それだけに偽物も昔から類がない程、多いんだよ。だから私も念には念を入れる心算《つもり》で、今日は博物館の大槻博士に鑑定を依頼してみたんだがね」

「大槻先生に……？」

鸚鵡《おうむ》返しに三千代の声がひどく慄えた。

「心配しなくともいい。大槻博士は虎徹中の虎徹の折り紙をつけて下すったし、買い手の世話もしてやろうとおっしゃる。君に相談しないで悪いと思ったけれど、折角、そう言われるので一応、おあずけして来たのだが、手放すつもりなんだろう」

三千代はかすかにうなずいた。

「そうか。そんならいい。大槻博士は人格者だから、おまかせしても少しも心配は要らないのだよ」

茂雄は姪の瘦せた肩を痛々しく見た。

「今までは義絶だの、何だのと古風な事を言ったが、君にはなんのかかわりもない事だ。志村も入院した今では心細いことも多いだろう。心配しないで何でも相談に来なさい。伯母さんだって、たった一人の姪なんだ。悪く思う筈がないよ」

「あの、伯母様は……」

うつむいたまま三千代が言った。

「昨日、病院へ来て下さいました。いろいろと御心配して頂きまして……」

「そうか、篠子が行ったのか……」

茂雄は苦笑した。篠子のやりそうな事だと思った。

「伯母さんは世話好きで苦労性だから、じっとしていられなかったんだろう」

「すみません、本当に……」

三千代は体を縮めるようにして繰り返した。詫びる他に何も言えないといった様子であった。

若松町でタクシーを捨て、三千代は伯父を父の枕許へ導いた。

「お父さん、福原先生が見舞って下さいましたよ」

目を閉じている逸平の耳許に、三千代はそんなささやき方をした。逸平は瞼をのろのろと押しあけた。虚《うつ》ろな目であった。衰弱が顔にも、喉の辺りにもすさまじいほど現れていた。茂雄より二つ上だから、まだ六十には間があろうと言うのに髪は真白で艶がなかったし、肌には老人の斑《しみ》が浮んでいた。削《そ》ぎ立ったように高い鼻だけに、過去の面影があった。

茂雄は言葉を失った。想像以上に変り果てた義弟に、昔のふてぶてしい偽銘切り志村逸平への宿怨を想うのは困難だった。

「大事にしなさい。これからはちょくちょく篠子に見舞わさせるから……」

漸く、それだけ言うと茂雄は腰を上げた。その時、茂雄は逸平の手が大儀そうに動くのを見た。布団から脱けた逸平の手はありったけの力でぴったりと合わせられた。伏しおがむといった恰好であった。細鏨一本で自由自在の偽銘を切った鏨師の指はミイラのように干乾びていた。

茂雄の姿が病室から消えると、三千代はそっと父親に近づいた。

「お父さん、あの刀、大槻博士の折り紙を貰ったんですよ。福原先生がそうおっしゃいました。虎徹中の虎徹だと……」

三千代は父親の顔にぱらぱらと涙をふりこぼした。

「勝ちましたのね。お父さん……」

逸平は息をつめた。

二十年の昔、中心《なかご》に朱墨で書いた偽銘の文字に最初の細鏨を下す刹那、鏨師逸平の眼に閃《ひらめ》いた火の色が、病みほうけた彼の充血した瞳に光った。一瞬の火花はすぐに消えた。

乾き切った逸平の唇から、やがて途切れとぎれの嗚咽《おえつ》が洩れた。

四

明日《あす》は七草という暮れ方、湯島の切り通し界隈は外見《そとみ》も内部《なか》もまだ初春《はる》の気分がひっそりとおどんでいた。

くたびれかけた門松のずらりと並んでいる花街を三千代は肩をすぼめるようにして抜けた。道ばたに同い年くらいの男の子と女の子が羽根つきをしている。もう羽根の色も定かではなかった。女の子の髪が大人っぽく結いあげられていて、緋鹿《ひが》の子《こ》の脇に花かんざしが揺れているのも下町らしかった。帯を文庫に結び、長い袂《たもと》をひるがえしながら女の子はひどく身《こ》が軽《や》かった。ともすれば男の子が押されがちだ。

通りすがりに三千代はふり返って見た。夕靄の中に男の子の刻《ほり》の深い顔立が浮んだ。どきりと胸をつかれた。

幼い頃、やはり同じように羽根つきをして遊んだ従兄の記憶が、三千代の心に翳を落した。殆んど同時にその従兄、福原淳一の名を玉砕を報道する新聞の戦死者発表の中に見出した朝の思い出が、生ま生ましく甦った。三千代が十七歳の誕生日を迎えた十日ばかり後であった。

路地を入った。淳一と羽根をついた路地の石畳であった。この一郭だけが戦火を免かれていた。

格子の前に立つと、

「篠子かい」

屋内《やうち》から茂雄の声がした。三千代は夢から覚めたような眼を出て来た伯父に向けた。

「ほう、君かい。よく来た。さあ、お上り、おあがり……」

茂雄は裾をはしょって襷《たすき》がけだった。右手に庖丁をぶらさげている。

部屋へ入って見て、三千代はその意味を知った。畳の上に新聞紙を敷き、まな板が出ている。

「いやもう、とんだことを仰せつかっちまってね」

まな板の上の伸餅《のしもち》に並べて庖丁を置いた。

「七草にね、伯母さんがお弟子さんを集めて弾き初めの会とやらをやるんでね。その後でおしるこを出すんだそうだ」

不器用な手つきで炬燵の前へ座布団を出してくれる伯父の痩せ尖った咽仏を三千代はそっと見上げた。

「伯母さんは買い物に出たんだが、もう帰ってくる時分だから、まあ炬燵にでもあたって……煎餅でも食べるか……」

いそいそと袋戸棚を開けかけた伯父の背に三千代は感情をふり切った声で言った。

「伯父さん……」

語尾がかすれた。

「父は一昨日、歿《な》くなりました……」

袋戸棚から摑み出した丸い缶が猫板の角で音を立てた。

「志村が……」

茂雄は息を吞んだ。

「そうか、駄目だったのか……」

「すぐお知らせしなければとは思いましたのですけれど、松の内のことですし、お騒がせしたくなかったので、私一人で野辺送りを致しました……」

三千代はきっぱりと顔を上げた。

「父が骨になりました時、三千代は伯父さんに申し上げなければいけないことがございました。伯父さん……」

居ずまいを直した三千代の体に異様な気魄が漲《みなぎ》った。大きな眼が一層、大きくなって殺気めいた光がきらめいた。

「この間の刀……私がおあずけ致しました虎徹は、父の偽銘でございます……」

茂雄は絶句した。

「あの長曾禰興里入道虎徹の九文字は鏨師逸平の指が刻んだものなのです……」

「そんな……そんな馬鹿なッ」

怒鳴った声が嗄《しわが》れた。茂雄は己れの膝を痛いほど摑んだ。

「お詫びして済むことでないとは思います。でも……父は、お酒で体を悪くし手がきかなくなっても鏨師の根性が忘れられなかったのです。伯父さんは三年前、新宿駅で父にお逢いになったことがございましたでしょう。あの夜、父は泥酔して戻りました。一生にもう一度だけ福原と勝負がしたいと申しました」

茂雄は姪の気魄に気圧《けお》された。

「アルコールの中毒で父の手はまるで駄目になっていました。ぶるぶる慄えて細鏨を持つ事など到底無理のようでした。でも、私が気がついた時は、父は仕事を始めておりました。胃から血を吐きながら細鏨を握っている父の姿は生きている人のようではありませんでした。一カ月、それ以上もかかりましたか、私が外から戻ってくると、父は細鏨を握ったまま倒れておりました。それでも気がつくとすぐに酸と沃度《ヨード》と粘土を買って来いと申します。私が理由をききますと、錆つけの秘伝だと言って可怖《こわ》いような笑い顔を見せました。父が作った粘土を私、手伝って中心《なかご》に塗りました。父が魂をけずった銘の上に泣き泣き塗りつけました。刀身に油を塗り、ブリキ箱に入れて父はそれを縁の下に収《しま》いました」

「それが、あの虎徹だというのか」

茂雄は唾を呑み込んだ。三千代はがっくりと手をついた。

「すみません。私、父がもう駄目だとわかったとき、父の息のある間に勝負をさせたいと思いました。父があわれでした。死んでも死にきれまいと……。それに、私、伯父さんをお怨みしていました。いいえ、伯父さんだけではなく、はっきり申し上げれば淳一さんをです……」

三千代の頬に三十女の凄まじさが滲んでいた。

「私、淳一さんと約束していました。小さい時から淳一さんのお嫁さんになるつもりでした。でも、淳一さんは勝手に死んでおしまいになりました。淳一さんを死ななければならないように追い込まれたのは伯父さんです。私が、三千代が偽銘切りの娘だから、伯父さんは淳一さんから私を遠ざけるようになさったんです……」

「違う、それは誤解だ」

茂雄は叫んだ。

「よろしいのです。どっちにしても淳一さんは十三年も前に死んでおしまいなんですから……」

乾いた唇に三千代はなげやりな微笑を浮べた。

「父が命を賭けてもう一度、福原と勝負したいと言った時、私は伯父さんを困らせてやりたいと思いました。父のペテンに、父のいかさま鑿に伯父さんの眼を狂わしてみたい。二十年の昔、即売会で父の切った虎徹を逸平の偽銘と見破った伯父さんの眼が、節穴だと思い知らせてやりたいと……」

三千代の眼尻をすっと白く涙が伝った。

「私、父の悪いことはよく知っています。父のために伯父さんがどんなに御迷惑なさったかも存じています。それでも私は伯父さんを怨むよりどうしようもなかったんです。私、考えに考えたあげく、ああいう風にして刀をここへ持ちこみました。やっぱり思った通りに伯父さんは迷いました。迷ったから大槻先生の所へお持ちになったんです。勝負は父の勝です。迷ったということは伯父さんの眼が父の指に負けたということなんですわ」

「もういい。わかった」

茂雄が立ち上った。怒りが彼を蒼白にしていた。

「お前達親子の腹黒さには確かに負けたよ。何もいうことはない。わたしはこれから大槻先生の所へ伺って、理由《わけ》をすっぱり話してあの刀を頂いてくる。待っていなさい」

手荒く襖を開けた。

そこに、篠子が坐っていた。彼女は腫れぼったい眼で夫を見、姪を見た。ゆったりと仏壇に近づくと淳一の位牌の横から古ぼけた紙人形を取り上げた。生半紙を筆の軸に巻いて両側から縮めた縮緬《ちりめん》紙の着物を着た姉様人形であった。三千代の顔色が変った。

「淳一が戦死しました後で、お友達の方があの子の遺品を届けてくれました。これはその中にあったんですよ」

「私があげたものです。死んだ母が私に作ってくれて、それを私が淳一さんに……」

突っかかるように三千代が言ったが、声には弱々しさが出ていた。

「淳一から貴女を遠ざけたのは私ですよ。福原は何も知りませんのよ。淳一と貴女とは従兄妹だし、血族結婚のことや、同い年だということなど私は私なりに苦労して考えたことでしたが、お節介が過ぎたようでした。今でも済まないことをしたと悔やんでいますよ」

柔らかな声であった。篠子は落ちていた襷を拾って自分の袖をからげた。ひどく自然な動作であった。まな板の前に坐って、伸餅に庖丁を入れた。

茂雄も三千代も化石したように動けなかった。庖丁の音だけが繰り返された。

不意に格子が開いた。

「福原さん、お電話ですよ」

声だけですぐ出て行った。隣家の息子であった。福原家では隣に電話の取り次ぎを頼んである。

「すみませんね。有難うございます」

篠子は軽く腰を上げて出て行った。

奇妙な沈黙が取り残された伯父と姪を押し包んだ。

「伯父さん……」

しゅくっと声を上げて三千代が泣き出した。幼女のような泣き方であった。

茂雄はふと、縁側で淳一とままごとをしていた三千代の幼顔を思い出した。

「三千代……」

ふっと、思いつくままに茂雄は訊いた。

「あの刀、お父さんは銘のあったのをすり消して新しく切ったのか、それとも無銘の物だったのかい」

三千代はびしゃびしゃになった顔をあげて、怪訝な眼を向けた。

「さあ……知りません。私が気がついたのはもう鏨にかかり出してからでしたから……」

いそいで言い足した。

「本当です、本当に気がつきませんでした」

茂雄は拘泥《こだわり》なくうなずいて見せた。

（あの刀は銘だけが正真の虎徹そっくりだったのではない。刀そのものが正しく虎徹として鑑賞に足るものだった。もし、あれが無銘のものだったら……）

弁解じみるようだが、あれが正真の虎徹でないとは誰が言い切れるだろう。

だが、刀鍛冶が精魂の限りを傾けて鍛え上げた一本の刀に、おのれの名を刻まないのは、いうまでもなくその刀の出来が心に適わぬためである。針の先ほどの僅かな不満の故に命を削って打ち出した刀を無銘のままに置くことは刀鍛冶の良心であり、且つ名を惜しむ心であろう。無銘として作者が捨てた刀に余人が銘を入れることは作者に対しても、その作品に向っても冒瀆《ぼうとく》に他ならない。無銘物はあくまでも無銘なのだ。後代の鑑定家がその作品を誰それの作と推定するのは許されても、結果は同じく「無銘ながら虎徹の作」でしかない。

正真の虎徹らしい、ということが偽銘切りの言いわけにならないのは当然であった。

茂雄は苦笑して首を振った。

せかせかと路地を下駄の音が戻って来た。

「貴方、大槻先生からでしたの。この間おあずかりした刀のことを東舎さんが聞き出したらしく、是非見せてくれというんで見せたところ、ひどく気に入って買いたいと言うんですって。先生は絶対に他へ売らない条件ならとおっしゃったら、それでもいいという返事なんでどうしたものかとおっしゃるんですよ。東舎は大槻先生の折り紙つきの虎徹なら秘蔵しているだけでも宣伝になるって喜んでるそうですけど……」

「東舎が……」

「ええ、先生が返事を急がれるんで一ぺん切って、すぐ又、こちらからお電話しますって申し上げたんですが……」

篠子の顔は流石《さすが》に緊張していた。

例の虎徹が逸平の偽銘物と判った以上、知らぬ顔で済ます事は刀剣家の良心が許さなかった。

事実を暴露すれば鑑定家としての福原茂雄の面目は勿論、大槻博士にまで迷惑を及ぼす。しかし、真贋は正さねばならない。と言って、大槻博士の折り紙のついた虎徹なら莫大な値で売れる。その金が孤児となった三千代のためにどれだけ役に立つことか。偽銘と解れば三文の値うちもない。

茂雄の眼に、病院のベッドの上で逸平が合わせた細い指が鮮やかに浮んだ。

（鏨師逸平が魂を賭けた偽銘切り……）

おそらく、息を引き取る瞬間の逸平の胸に去来したのは、福原茂雄の眼に勝ち得た虎徹の銘を刻んだことよりも、それによって幾ばくかのまとまった金を娘に残してやれる喜びではなかったろうか。

逸平の娘は、茂雄にとっても姪であった。しかも、伜の淳一が死の刹那まで想い続けた思い人だという。

「よし……」

茂雄は顔を上げた。

（万ガ一、事実を明らかにしなければならない時が来たら、俺がすべての責めを負えばよいのだ。鏨師逸平が命をかけた刀なら、俺も鑑定家の目を賭けよう……）

篠子に言った。

「大槻先生に、俺がすべておまかせすると伝えてくれないか。刀の出所《でどころ》一切については福原茂雄が責任を取りますとな……いや、いいよ。俺が自分で電話しよう……」

茂雄は大股に玄関へ出た。

「貴方、これをお持ちにならないと……」

篠子の温かい手が十円玉を一つ、茂雄の掌に落した。

「大槻先生の電話番号は御存知ですね」

ああ、と茂雄は微笑した。

「今夜は三人で逸平の通夜をしよう。なにか旨い物を才覚してくれ。三千代も伯母さんの手伝いをするんだぞ」

ちらと三千代の膝前にころげている紙人形に眼を止めると、勢よく格子を開けた。

「しかし、因縁だねえ。散々、逸平から甘い汁をしぼり取った東舎が、あの刀を買おうってんだから……」

言い淀んで、明るく別につけ加えた。

「おい、雨が降りそうだぞ」

せっかちな下駄の音が石畳を鳴らして、すぐに遠くなった。

神楽師

一

乱拍子になって花道を入って来た吉哉が、武内宿禰《たけのうちすくね》の面をはずさない中に、

「手前《てめえ》、何してやがんで……」

久太郎の罵声《ばせい》がとんだ。吉哉は装束の儘《まま》、慌てて手をついた。

「あいすいません。元締」

「すいませんって言うが、お前、どこが済まねえか分ったのかい」

「いえ、ですが……」

「一つことを何べん言わせるんだい。まるで腹が出来てやしねえ」

久太郎は狭い楽屋の真中に仁王立ちに突立って、吉哉を睨《ね》めつけた。

自分自身、舞台をつとめていて囃子《はやし》方が間《ま》をはずすと、舞いながら面の中で怒鳴

りつけるという久太郎の、低いがどすのきいた声であった。普段は好々爺《こうこうや》然とした柔和な眼が、芸に関する限り容赦のない厳しさで光る。

吉哉は顔が上げられなかった。怒鳴られた訳が分らないのだ。型《かた》も間《ま》も狂いはなかった筈である。初めて演ずるものだけに、研究も充分していた心算《つもり》だったが……。

(今更、腹が出来てないとは……?)

九月二十三日、代々木神社の大祭は秋晴れの祭日和であった。境内では子供の神輿《みこし》や山車《だし》がいくつも繰り込んできて、金棒や拍子木の音がひっきりなしに聞えた。その間を縫って綿飴屋のエンジンが鈍い音を立て、野天の手品師が突拍子もない高っ調子で喋り出した。

おでんや焼きそばなどの匂いが混った祭特有の空気が神楽殿の周囲をぎっちり取り囲んでいる。音も、匂いも派手で陽気だったが、楽屋の吉哉と久太郎を包む空気だけは切り離したように静かだった。

開け放しの楽屋口に群っていた子供達が、怪訝《けげん》な顔をした。白い着物を着た小柄な老爺《じい》さんの前に、立派な衣裳をつけた武内宿禰が這いつくばっている光景は確かに異様であった。

表の舞台では既に三韓の王家の御殿の場が始って、モドキを得意にする藤二郎が滑稽な軍事教練を演じて笑わせていた。

「元締、吉《よ》っちゃんの出番ですが……」

小面《こおもて》だけはずした神功皇后の装束の神楽師が、おそるおそる声をかけた。吉哉は顔を上げた。囃子方は昇殿から乱拍子に変っている。

「出なよ」

久太郎に顎をしゃくられて、吉哉はもう一度頭を下げ、面《めん》をつけた。その背に向って、

「武内宿禰は大臣だ。モドキたあ訳が違うぜ」

衣裳箱の蓋を取りながら、久太郎が独り言のように呟いた。

モドキとは神楽師仲間の俗語でヒョットコやオカメをいう。神代神楽では脇役だが曲目によってはかなり重要な役割も勤める。無論、狂言の流れを汲んで出来たものであり、狂言の面をかぶり、喜劇的な諷刺や、踊りをするものだから、所作は難しくとも神代神楽の本筋から言えばあくまでも附随的なものだし、格も軽い。

それに比べて、武内宿禰は『三韓征伐』と呼ばれている神代神楽の主人公、シテ方である。物語は日本書紀や古事記で有名な神功皇后の三韓征伐で、戦前の歴史教育を受けた者なら大抵が諳《そら》んじている筈だ。神楽では、先ず神功皇后が、能でいう

小面《こおもて》の面《めん》をつけて登場し、次に武内宿禰が出て『清《キヨ》メ』の舞をして韓国に出発する。舞台が変って、始めに韓国の官人が家来のヒョットコを従えて登場する。官人はヒョットコに酒肴を命じ酒宴に入る。次いでヒョットコに滑稽《ユーモラス》な軍事教練をさせる。そこへ皇后と宿禰が登場し、武内宿禰は官人に降伏をすすめるが交渉は決裂する。宿禰とヒョットコの愉快な立合があり、最後に官人が宿禰と立合って降伏する。といった運びにしている。

武内宿禰はこの物語のリーダーであり、且つ、最初の場で舞う引弓《ひきゆみ》の舞も格調の高いものとされていた。

(モドキたあ訳が違う)筈であった。そんな事は神楽師の常識でもあった。

だが、吉哉は仮花道を歩きながら腹の中で繰り返した。

(モドキたあ違うんだぜ)

大祭のために神楽殿の下手に葦簀を張って造った仮花道は歩く度にぎしぎしと嫌な音を立てた。舞台の上手にはヒョットコ面《めん》をつけた祖父の藤二郎が気の抜けた体《てい》で境内の雑踏を眺めていた。もうすっかり身についてしまった神楽師という職業を、軽衫《かるさん》や小袖と一緒に気安く肩に引っかけて舞台に出ているといった馴れ切った恰好であった。右手に持った刀がぶらんと力なく下っていた。

（そうか、モドキたあ訳が違うんだ）

吉哉は面の中ではっと眼を輝かした。十九歳の細《ほそ》っこい手が太刀の柄をぐっと摑み直した。

舞台を終えて入ってくると吉哉は真っ先に久太郎を見たが、久太郎は次に演ずる『三輪神杉』の装束を梅鉢の紋のある葛籠《つづら》から出していて振り向きもしなかった。何も言われないという事で、吉哉は自分の判断に自信を得た。

八時に神楽が一通り済むと、社務所から酒と寿司が楽屋に運ばれた。

「元締は親爺が待ってますから……吉っちゃんも来いよ、話があるんだ」

書生と一緒に顔を出した青年が清潔な歯並みをのぞかせて笑いかけた。代々木神社の神主白石一雅の一人息子で進一という。昨年大学を卒業してその儘研究室に残っている彼を、吉哉は真実の兄弟以上に尊敬もし、親しんでいた。

建暦二年草創（西暦一二一二）という縁起を持つ代々木神社は、昔の代々木練兵場、戦後、米軍がワシントン・ハイツと改名した治外法権の一画を稜線とした地と隣接し、西南に五つの商店街と、無数の住宅地と氏子を縄張りの中に持っていて、明治神宮の森と背中合せの小高い丘の上に在った。氏子の三分の二は罹災したが、神社は落下した焼夷弾《しょういだん》の痕を、廻廊や寝殿造りの破風に止めただけであった。

江戸名所図会《ずえ》にも載っている程の由緒ある古社で、東京には珍しく鬱蒼《うっそう》たる杉木立に囲まれた三千余坪の境内には、熊谷草、敦盛草、花筏《はないかだ》、片栗などの雑草が根を張って、尾花、箱根寒竹、甘茶などのしげみは小綬鶏《こじゅけい》一家の散歩道が出来、躑躅《つつじ》や柏や櫟《くぬぎ》の枝では、目白、頬白、鶯、文鳥、鶺鴒《せきれい》、山がらが各々、勝手な声でよく啼いた。夜は蝙蝠《こうもり》もとぶし、木の葉ずくもホッホ、ホッホと滋味のある声を聞かせる。季節によってはほととぎすも明け方の空をかすめる。小ぢんまりした池の汀《みぎわ》の楠の木蔭には『そのむかし、代々木の月の、ほととぎす』と散らし書きにした句碑があって、その辺りにも武蔵野の面影は色濃く残っている。

戦後、焼け残った神社の多くが、経済的必要に迫られて境内地を分譲したり、副業として保育所を建築したりなどしているのに、この代々木神社ばかりは宮司の白石夫妻と土地の古老連が苦労して武蔵野の匂いを守り通した。いわば、土地の自慢の社であり、境内であった。氏子と氏神がこれ程、温かく結びついている土地を吉哉は他に知らなかった。祭には付き物の寄附も喧嘩もこの土地では問題を起したことがないのだという白石宮司の自慢を吉哉も何度か聞いた。

「代々木さんは御先代の時から、あっしの帳場《ちょうば》なんだが、当代は若いのによく出来た人だよ。あっしの眼の黒い中は、代々木さんの祭に他《よそ》の神楽師は入れねえ。代々木さんの神さんはなあ、あっしの神楽を何より喜んで下さるんじゃ」

と久太郎も口癖のように言った。全く、戦後の数年は神社も神楽どころではなく、春から秋のかき入れ時にもまるで仕事《くち》がかからなかった。神楽師の中には花柳界の座敷へ出て幇間《ほうかん》めいた真似をして口《くち》すぎする者もあったが、昔気質な久太郎に出来ることではなかった。息子の久雄は植木職をして近くに住んでいたが、そこも子沢山の上に、久雄が律儀で融通のきかない男だから生活が楽な筈はない。そんな事情を知った白石宮司は氏子の有志を集めて里神楽研究会を組織し、久太郎に週一度の講習を依頼した。

「清元の文句じゃないが、そもそも神楽の始まりは天の岩戸の前で、天宇受売命《あめのうずめのみこと》が舞ったといわれるが、とにかく神の歴史、神の事蹟を語る唯一の日本の芸能なんだ。日本人の民族意識というか、伝統的だの、誇りだのがもみくしゃになったこんな時代なればこそ一人でも多く神楽愛好者、理解者を作らなけりゃならん。それも神主の役目だろうね」

と、白石宮司は氏子の若い者と一緒になって、モドキの踊り、いうところの馬鹿踊りに汗を流しながら笑ったが、月末に久太郎に渡す幾ばくかの謝礼と、神饌《しんせん》のお下りだからと添えてくれる果物だの鮮魚だの玉子だのには温かな思いやりが滲んでいて、まだ生きていた久太郎の配偶《つれあい》のまつを涙ぐませた。

久太郎が副業として、というよりも、まつが生活の助けにするつもりで以前から手がけていた盆栽や菊の鉢植を、そういう方面に詳しい氏子の世話人を通じて、輸出向けの市場を紹介してくれたり、マーガレットや百日草や矢車草、ヒヤシンス、チューリップなどの栽培を勧めたのも白石夫人の志津子だった。彼女は生花の師匠としてかなり大勢の弟子を持っていたし、料亭やビルなどの飾り花を活けに出張もしていたので、まつの作る花のために何くれとなく便宜を計ってくれた。そのまつが、終戦から三年目の秋に風邪をこじらせて、

「おじいさんはとにかく、二人の孫が気がかりで、死ぬにも死ねない気がします。奥さま何卒《なにとぞ》、力になってやって下さい。お情にすがります……」

と繰り返しながら、駈けつけた志津子にみとられてあっけなく息を引きとってしまうと、白石家は久太郎と二人の孫にとって親類以上の家になった。

まつも死ぬまで孫と呼び、久太郎もわしの孫が、と人に言ったが、吉哉も、もう一人の赤ん坊から育てた雪絵という娘も、久太郎の本当の孫ではなかった。

吉哉は久太郎の弟、藤二郎の倅《せがれ》の、東吉の三男であった。父親は深川佐賀町で煎

餅屋をやっている。長兄は銀行に勤めているし、中の兄は近くの風呂屋へ養子に入って、まず円満な家庭だというのに、どういうものか、吉哉だけは家族にまるで馴染まなかった。小さい時分から祖父の藤二郎と一緒に久太郎の家へ遊びにくると幾日でも泊っていて帰りたがらない。神楽が好きで久太郎が若い者に教えているのを、見ているそばから覚えてしまう。面白半分に太鼓を叩いている手つきを見て、

久太郎が、「こいつあ、物になるかもしれねえ」と眼を光らせた。

本気になって稽古をしてから、一カ月目に久太郎は深川へ出かけた。甥の東吉夫婦に吉哉を養子にくれと直《じ》か談判を始めた。東吉も母親のふみも笑って取り合わなかったが、それを聞いた吉哉が、

「俺、久太郎じいちゃんとこの子になる」と、言い出して聞かない。どうなだめても、

「俺、久太郎じいちゃんが好きだ」

の一点ばりに親の方が根負けし、

「それ程、親のそばにいるのが嫌なら勝手におし」

と小憎《こにく》がられた。結局、なんといってもまだ小学校にも入らない子供のことだからと籍はそのままで、身体だけ久太郎の家へ引っ越した。以来、用事で深川の家へ

行くことはあっても決して泊ろうとはしない。吉哉がおやじといえば久太郎のことだし、おふくろと呼んで「はいよ」と応じるのはまつ一人だった。

「よくよく久太郎さんに見込まれちまったんだねえ」

と両親も諦め、

「変った奴だよ」

と二人の兄も情《じょう》の薄い顔をした。

その代り、久太郎とまつの吉哉に対する愛情は並大抵のものではなかった。吉哉は久太郎の家へ来た年の夏、疫痢にかかった。戦争が漸く激しくなった昭和十九年であった。吉哉の具合がおかしいと見るや、久太郎は常々贔屓《ひいき》にしてくれる石黒博士の病院へかつぎ込んだ。白石宮司の知人でもある石黒博士は吉哉を診るなり疫痢と断定した。その博士へ久太郎はいきなり獅嚙《しが》みついた。

「先生、いまどき避病院なんぞへ入れられたら助かるもんも助かりません。お願いです。吉哉を助けて下さい。吉哉の命を、先生、頼みます。お願い申します……」

吉哉は大腸カタルという名目で石黒内科へ入院した。三日も昏睡状態が続き、久太郎の髪は真白になり、まつの頰はげそっと肉が落ちた。しかし経過はすこぶる良好で、十数日目に退院の許可が下りた。

吉哉の全快祝いの時、石黒博士は白石宮司にこう言って笑った。

「全く、あの時の元締の見幕の凄いのなんのって、断ったらわしの喉笛に噛みつきそうな按配だったよ。ま、助かってよかった。吉っちゃんが助からなんだら、わしゃ、医者を廃業せにゃならんところだったよ」

だから、久太郎の本当の息子、もっともまつの腹を痛めた子ではなく、先妻の篠《しの》の残した伜だったが、――久雄は夫婦で口を揃えて言った。

「お父つぁんは神楽師として見込みのない伜なんぞ、息子だとも、孫だとも思わない人なんですよ、わたしらは不肖の子、不肖の孫なんでしょうね。顔を出したって嬉しそうでもないし、何しに来たってなもんですから、まあ、親だってな情《じょう》もあんまり感じなくなっちまってるんですよ。え、孫どもも滅多に傍へ寄りつかねえんです。他《よそ》のおじいちゃん位にしか思ってないようで……」

事実、久太郎の方から久雄の家を訪れる事は全くなかった。まつに対する遠慮かと判断していた人々の予想を裏切って、まつの死後も久太郎の態度は変らなかった。息子夫婦を毛嫌いしてというわけでもなく、息子一家の悪口を人に洩らしたこともなかった。とにかく久雄一家は久太郎に無視されたまま、息子の方から偏屈な親に近づこうとする熱心さを、まるで失っていた。

久太郎と吉哉が社務所に入って行くと、大広間はもうがらんとしていた。直会《なおらい》と神社で呼んでいる祭礼後の宴会は日暮れ前までに切り上げるのがこの神社のしきたりでもあった。社務所の受付には白衣に浅黄の袴をつけた書生が二人と世話人であろうか、菊の造花を胸に飾った紋付姿の老人が三人、ひっきりなしに挨拶にくる氏子の相手をしている。

〝代々木神社祭礼〟と大書した万燈の立っている大玄関脇には、匂うような紺の股《もも》引《ひき》に自慢の赤半纒《あかばんてん》を引っかけた町内の頭《かしら》が裏紺の足袋に白緒の草履を突っかけて牀《しょう》几《ぎ》に坐っているのも、山の手らしからぬ風景だった。

「お疲れさま、さあ、元締、こっちで一杯おやんなさいよ」

黒地に白く薄《すすき》を染抜いた平絽に博多の一本独鈷《どっこ》という粋な好みを、品よく着こなした志津子が気さくに久太郎を茶の間へ導いた。

丸いテーブルを囲んで、白石宮司、石黒博士、それに数人の氏子総代が紫に梅鉢を染めた座布団だけを残して、屈託のない顔を並べている。どれも久太郎には例年の馴染みであった。梅鉢は久太郎の家紋である。白石家には久太郎専用の座布団まで備えてあるのだ。

定められた席に、居心地よく迎えられた久太郎の姿を見定めて、吉哉は襖ぎわで挨拶だけすると、勝手知った廊下を進一の部屋へ急いだ。

進一の部屋には二人分の食事が運ばれていた。

「吉っちゃんはまだ未成年ですものねえ。のんべえのお相手なんぞ真っ平でしょ」

志津子が笑いながら、自分で果物だの、ジュースだのを並べて去ると、進一は洋服箪笥の中からウイスキーの角瓶を取り出して片目をつぶってみせた。

「凄いなあ、一人で晩酌してんの」

「馬鹿いえ、お前と二人で飲もうと思ってさ、袋戸棚からくすねといたんだぞ」

二人はジュースのコップに半分程注いだウイスキーを、後生大事に持って机の前に坐り込んだ。

「腹が減ってるんだろう、飯を食いながら飲めよ。空きっ腹にやると一ぺんに酔っちまうぜ」

吉哉は言われた通りに箸を取った。進一は馴れない手つきでウイスキーをなめている。父親に似ず、酒にはひどく弱い進一を吉哉も知っていた。兄貴ぶっている進一が吉哉には可笑《おか》しかった。

（本気になって飲めば、俺の方が強いな）

吉哉は醤油を刺身皿に注ぎながら、そう思った。

「吉っちゃん、今日、怒られたんだって」

「ああ、三韓征伐ん時。誰に聞いた？」

「ふん、藤《とう》さんがね、先刻、お茶を取りに来てて、うちのお袋にこぼしてたよ。人の孫だと思ってこっぴどいこと言いやがるってさ、お袋は笑ってたがね」

吉哉は箸を止めて、進一を見た。

「違うよ。あれは俺が悪かったんだ。おやじのいう通りだったんだ」

「どこが悪かったんだい」

「俺、武内宿禰は初役だったもんで、つい型や間《ま》の事ばかし気にしてたんだよ。そいで引弓の舞いのとき、弓矢を手軽く扱ったんだな。武内宿禰ってのは武人だろ、弓矢は武人の魂だもんな、粗雑に扱っていい筈がない。それをおやじは、モドキたあ違うって怒鳴ったんだ。おやじの言う事に間違いはないよ」

真剣な眼の色で語る吉哉を進一は嬉しそうに眺めた。

「お前、いい神楽師になれるぜ、冷やかしてるんじゃない、本当の話だ。だがね、吉っちゃん、正直言って、神楽は今のままだと滅びるんじゃないか。神楽の唯一の市場であり、ステージを提供する神社の祭礼にしてからが、もう神楽を頼むより、人気歌手を呼んだり、素人喉自慢だの、民謡舞踊なんかの方が喜ばれてるんだ。そりゃ、神楽をやってりゃ突っ立って見てる人もあるよ、だけど、その大半は神楽に祭の郷愁めいたものを感じて立ち止るか、暇をもて余してなんとなく見てるかだと思うな、大体、今の若い連中にゃ神話になんかまるで興味がないんだしね……」

進一はもて余したコップを下に置くと、代りに煙草に手を伸ばした。

「でもさ、いつか進兄《しん》さんは言ったじゃないか、日本の神話の中にもギリシャ神話なんかと同じように文学性の高いものが沢山ある。それが戦時中、軍国主義者に利用されたばかりに、とかく白眼視されているのは全く残念だって……、神楽はそうした忘れられる日本の神話を大衆に伝える役目もあるって考えるのは生意気かな……」

「不遜だよ」

進一はぶち落すように言い切った。

「怒るなよ。少くとも今の神楽の現状じゃ不遜だっていうんだ。はっきり言うけどね、今の神楽はお世辞にも芸術品とは言えないと思うね。一口にいうなら単純素朴すぎるんだ。ストーリイもパントマイムも幼稚で泥くさいんだ。素朴は素朴なりに、泥臭《くさ》いのは泥臭いままに洗練されてなきゃ。磨きが足りないんだよ」

進一は机の引出しをごそごそやって一枚のプログラムをつまみ出した。フランスのパントマイム役者、マルセル・マルソーの来日公演のプログラムだった。吉哉はそれを進一に誘われて三階の隅から見た。

「マルソーを見た時、僕が言っただろう。神楽だって、マルソーだって同じパントマイム、即ち物真似だろう。しかし、マルソーのには詩がある。人生がある。思想もある。そして洗練された芸があるんだ。あれは確かに芸だよ。神楽にも当然必要な事じゃないか、現代人の共感を呼ぶ、詩情が土の匂いの中に感じられ、更に思想的にも奥行きのある、磨かれた芸が神楽の中に光ってなけりゃ、そこまで神楽が高められたら……夢かな」

「どうしたら、それが出来ます?」

吉哉はすがりつくような眼で進一を見、マルソーのプログラムを見た。特殊なメイキャップの道化師のクローズアップされた写真は異様であった。

「ストーリイに手を入れること……。技術的な問題は君の研究する分野だね。日本の古い芸能の中で能や狂言や歌舞伎などが今日もとにかく一流の芸能として繁栄してるのに、神楽はその発生、成立に問題があるとしても、いささか研究不足じゃないか、現在の神楽師の中で、芸といえるものを持っているのは吉っちゃんのおや、じだけといっていい。一般の認識不足、気力のなさ、レベルの程度は吉っちゃんだって分ってるだろうが、これを改革するのは容易な業じゃあるまいが、しなけりゃならないことなんだぜ。神主と神楽師が協力して、まず出来ることからやる、そんな意気で頑張らなけりゃあ……そうじゃないかい」

進一は一言一言を区切りながら落着いた調子で喋った。噛んで含めるように淡々と語る進一と、浅黒い顔を熱っぽくして聞く吉哉とはいい対照だった。

帰りしなに進一は書棚から二冊を抜き取って吉哉に貸し与えた。一冊は『日本の芸能』という研究書、もう一冊は最近ベストセラーになったフランスの小説だった。神楽師として知っておかねばならない事と同時に、二十世紀の青年の好みも吉哉の知識に加えておきたいと進一は考えていた。

「学校へ行って勉強したいと思わないか」

借りた本をいそいそと風呂敷へ包んでいる吉哉を見て、ふと進一は訊いた。吉哉は中学までしか通っていなかった。吉哉は顔を上げて静かに首を振った。明るい、翳のない声で応じた。

「勉強はしたいと思うけど、無理して学校へ行かなけりゃならないとは考えないよ。今のままで、充分なんだ」

鈴の音、柏手《かしわで》、祭の雑踏は夜更けてもまだ賑やかに聞えていた。

二

朝から衣裳入れの葛籠《つづら》張りをしていた久太郎が深川へ出かけてから、吉哉は花畑へ下りた。如雨露《じょうろ》に水を汲んで、菊から菊へ丹念に見て歩きながら、口はいつのまにか神楽の拍子を取っていた。神楽の囃子は笛の旋律に合せて、大太鼓、銅拍子、大拍子、締太鼓などを打つもので、基調となるのは勿論、笛であった。

一口に小松川といっても、新小岩駅前の長い商店街を抜けて、更に半町も奥に入った辺りは畑も田もあり、藁葺《わらぶき》屋根も三つ、四つ点在している。そんな中に風呂屋の煙突が高く突立ち、小学校がこぢんまりとあった。川一つ向うは千葉県であった。駅前通りは日本一長いという町の自慢のアーケードが千葉街道に向って両側六百メートルずつをびっしり商店で埋めている。そのはずれには小松川の青線がちまちまと軒を並べていたが、売春禁止法で取締りがうるさくなったか、一せいに転業してバアだの喫茶店だのにペンキを塗り替えた。表側に東京都の野暮ったい町があり、裏は土と肥桶《こえたご》の匂いがあった。

田安殿御徒士《おかち》で高七石二人扶持の西江孝太郎が小松川へ移住したのは慶応四年八月、田安亀之助が徳川家達として駿府七十万石に封ぜられて江戸を去った日であった。身分の低い割合に貯えがあったから、寺子屋師匠の傍、神楽、調子、舞伎などの稽古で結構暮せた。久太郎はここで生れ、この土地で育った。弟の藤二郎が生真面目で堅物なのに対し、久太郎は性来の道楽者だったと、吉哉は祖父の口から聞いていた。十四、五から吉原に遊んで娼妓を娶り、孝太郎から勘当の処置を受けた事も数度だったが、彼の多芸は専らこの時代に身についたものらしかった。三十九の年に女房の篠《しの》が死んで、五年足らずの中に世話をする者があってまつと再婚した。間もなく久太郎の道楽はふっつりと止んだ。「神楽元締」の看板を掲げたのもこの頃からであった。侍出の父親でさえもて余した久太郎の女道楽が何故一変したかについては、当人が語らないので誰も想像がつきかねた。弟の藤二郎でさえ（その頃は既に深川に別居していたが）思い当る節がないといって、

「よっぽど、おまつさんがしっかり者だったんだろうよ」

と解釈した。

とにかく、それからの久太郎に浮わついた噂は一度もなかった。昔を知っている仲間が、交際《つきあい》に誘っても久太郎は頑として応じなかったばかりか、弟子や息子の女

遊びには徹底して厳しかった。

「無粋な親爺」という定評が全く身についてしまった久太郎に過去の面影は毛筋ほども残っていないようであった。

だが、吉哉はそんな久太郎の昔に、かえって親しみを感じていた。

「おやじは木仏金仏じゃない、温かい、人間の血が流れてる、いいおやじだぜ」

久太郎が道楽を止めた理由についても、吉哉は彼なりに、そうではないかと思われる節を密《ひそ》かに胸に持っていた。

空っぽになった如雨露を下げて井戸端へ戻ってくると、雪絵が洗い上げた洗濯物を竿に乾していた。絣の木綿を裾短かに着て、あり合せの組紐《くみひも》で襷《たすき》をしている。高々とまくり上げた二の腕が陽に晒されて光って見えた。吉哉より一つ年上の二十である。六歳の年齢《とし》から姉弟のようにして育った雪絵に、ふと女を感じて、吉哉はまぶしげに目を逸した。久太郎が道楽を止めた理由に、吉哉は雪絵を考えていた。

　それが全部でなくとも、雪絵に関係があることは間違いないと推量していた。確実な裏づけがあっての事ではない。雪絵がこの家に引取られた時期が久太郎の変化と一致しているだけであった。

「あ、俺がやるよ」

吉哉は雪絵の手から二股竿を取った。上から三段になっている物干しの一番上へ洗濯竿を上げるのは小柄な雪絵には難しい仕事だった。

「ありがと、すいません」

微笑して雪絵は新しい竿に二枚の白衣を通した。神楽師は装束の下に必ず白の単衣を着る。白だから汚れやすい。一日着れば衿や袖口はどす黒くなってなかなか落ちない。丈の短かい方が久太郎ので、吉哉のとは四寸から違っている。

「吉っちゃんのは大きいから洗うのも大変。せいぜいお手伝いして頂戴」

ぴんぴんと袖を叩いて伸ばしながら雪絵が又、笑った。よく笑う娘だった。気持のいい、可愛い笑い方である。雪絵の周囲には何時でも柔らかな陽炎が躍っているような明るさがあった。

(幸せな生い立ちをした人ではないのに)

と世間の人もいい、吉哉も思った。

強いて朗らかに振舞うというのではなかった。楽しさが自然に身についている娘なのだと吉哉にも解っていた。

三段目の竿に襦袢《じゅばん》が並ぶと壮観であった。

「でもさあ、姉ちゃんが結婚してなくってよかったよ。同じ満艦飾《まんかんしょく》でも、襁褓《おしめ》よかましだもんな」

眼だけで笑って吉哉は如雨露を摑んで畑へ逃げた。

花畑の手入れを済まして縁側へ来ると、雪絵は機械を据えて編物をしていた。講習会へ一週間ばかり通っただけなのに器用な性質で、結構隣近所から頼まれ仕事を貰って評判もいい。そろそろ冬仕度で注文が殺到しているらしい。昨夜、吉哉が毛糸巻きの手伝いをさせられた水色の細い糸が箱の中に見えた。

「ねえ、吉っちゃん、昨夜聞いた神楽の公演をするって話、どうなの」

機械の手を休めずに雪絵が問うた。

「うん、代々木の進兄さんが一切、世話をしてくれるんだ。丸の内の、ちゃんとした劇場で、リサイタル形式でやるんだぜ」

吉哉は茶簞笥から湯吞を出して火鉢の前へ行った。

代々木の神楽研究会の指導に久太郎の手伝い旁々《かたがた》、吉哉もついて行った。その席上、白石宮司から、神楽の公演をしたらという話が持ち出された。すでに神楽研究会の有志と白石宮司との間で大分以前から検討されていたものらしく、進一の持って来た明細書には、借りる劇場、日取、予算、切符の問題など行きとどいた調査がまとめられていた。大体の話はその場で定まり、久太郎はその事で、今日、深川へ出かけて行ったものであった。

「おじいちゃんは、番組の事は一切、吉っちゃんにまかせるって言ってたけど、あんたはどんな風に考えてるの」

雪絵に訊かれて、吉哉は考え深い表情になった。

「まだ、昨日の今日だもん、それに進兄さんと相談してみなけりゃ。でもね、俺、古いものをそのまま今まで通りにやるだけじゃなくて、公演をやるからには進兄さんがいつもいうようにストーリイにも手を入れて、所作なんかも要らない所は刈り込んで、見せ場はもっと強調するような改訂版もやりたいんだ。進兄さんは神話から取材して新作してやるっていってたけど、それが間に合うかな、間に合えば、それもプログラムに入れるよ。振は勿論、おやじに聞きながら俺がするんだ。出来ればそれを俺とおやじと二人っきりでやりてえな」

若い頃の久太郎にそっくりだと言われる、切れ長の大きな眼をキラキラと潤ませて、吉哉は雪絵を見い見い喋った。いつもの事で、吉哉に話のきっかけをつけると雪絵は仕事に集中して、うなずきもしない。だが、吉哉は苦にならなかった。雪絵の神経が吉哉の一言一言に吸い寄せられているのを知っていた。

「それからね。オトギ神楽の中から〝稲葉素兎《いなばのしろうさぎ》〟を加えようと思ってるんだ。あれを、もうちっとばかし舞踊的な所作にしてね」

「ずいぶんな鼻息ね。自信は結構だけど、名人といわれる、おじいちゃんでさえ、漸く、あそこまでしか出来なかったってこと、考えてみたら……。無理は怪我の因《もと》、止めといた方がいいことよ」

吉哉に横顔を見せた儘、雪絵は少し強《きつ》い声で言った。

「おやじがやれなかったから、俺がするんじゃないか、おやじに出来なくて、俺に出来るというのは時代のせいなんだ。神楽のためにも俺がやらなきゃならない時代なんだ」

「あんた、まるで神楽を一人で背負《しょ》って立ってるみたい。そんな大見得をおじいちゃんの前で切ってごらん。頭でっかちのうぬぼれ屋さん……」

雪絵もいつか機械あみの手を止めていた。

「なんとでもいえ、その中にぐっと思い知らせてやるからな。女になんか分ることかい」

吉哉は肩を聳《そび》やかした。

「女ですいませんでした、せいぜい進一さんを頼りになさいまし、お神楽の天才さん」

つんと立って雪絵は台所へ下りて行った。午近《ひるちか》い。二人っきりのままごとのような昼食の仕度に水道の栓が勢よく開かれた。朱《あか》い唇をとがらせて憎まれ口を叩いた癖に、まな板に立てる小さな音は、もう怒っていなかった。

「ふん、おかめ……」

口の中で呟いて、吉哉は肩をすくめた。いつも見馴れた雪絵の後姿を、火鉢に炭を足しながら、ちらちらと眺めていた。

同じ昼食《ひる》を、久太郎は深川近くの小さな蕎麦屋の暖簾をくぐっていた。弟の家へ時分どきに出かけて気軽に接待を受けるという真似の出来ない久太郎であった。せっかちな性質《たち》で思いつくと待てしばしがきかないでとび出して来たものの、目と鼻の先の蕎麦屋で腹ごしらえをして行くという妙な気がねは忘れなかった。そうした他人行儀な遠慮を久太郎は弟の家にも、息子の家にも固く守っていた。親しみにくいと言われる所以《ゆえん》でもあった。

藤二郎の店は表が煎餅屋の看板をあげ、裏が小さな工場になっていた。商売は息子の東吉夫婦にまかせ、老夫婦は二階に居て、時折煎餅焼の手伝いなどをしていた。

久太郎が狭い階段を上って行くと、部屋には先客があった。葛西囃子をやる男で、神楽の囃子も打てる山下源次郎という老人だった。以前は表青戸に住んでいて、久太郎も懇意にし、大祭の神楽を依頼されると彼に助《すけ》っ人を頼んだこともあったが、一昨年、金町へ引越してからは病気がちを理由に断っていた。この近くまで用足《ようた》しに来て、挨拶に寄ったという。

「元締の所へも無沙汰をしているんでね。藤二郎さんから言伝《ことづ》てして貰おうと思ったんだよ」

そんな点はひどく律儀な昔者《むかしもの》だった。彼の父親は通称、表青戸の源次郎と呼ばれる葛西囃子の名人で、明治十七年の神田明神の大祭に、小松川村の角次郎、鹿骨《ししぼね》村の七五郎、新宿《にいじゅく》町の助次郎、そっぱの伝次と共に葛西地方から選ばれて参加している。その息子の彼も数年前の全関東囃子コンクールで優勝し、高松宮杯を贏《か》ち得た葛西囃子のメンバーの一人だった。

「相変らず葛西囃子の研究会は盛んなんだってよ。若い者がどんどん習いにくるってえから羨ましいね。無形文化財って肩書は貰うし、立派なもんだ。ええ、そこへ行くと神楽の方は損だねえ、何ったたって難しい。二年や三年でどうってもんじゃないんだから、若い者にゃとっつきにくいんだねえ。こちらに習いてえなんていってくるのは旦那衆の道楽半分の馬鹿踊りばかしだよ」

藤二郎は丸い頭をこすりながら憮然として言った。

「いえね、あたし共でも囃子がどうにか一人前ってのは、どうしても七、八年は修業して貰わんといけませんよ。なかなか昔みたいなわけには参りませんな」

源次郎は低い調子で呟くと茶をすすった。

「そいでも、葛西囃子の方はなんてったって芸術といわれてるんだから、力強いよ。こないだも墨田の元締が怒ってたがね、葛西囃子を芸術と認めて、神楽を芸術と認めないってんだ。文部省の役人なんてえのはいい加減なもんだってねえ。全くだよ」

大仰《おおぎょう》な身ぶりを交えて藤二郎が尚も言い募ろうとした出鼻をぶち落すように久太郎の鉈豆煙管《なたまめギセル》が角火鉢のへりを強く叩いた。

「神楽は人に見せるもんじゃねえんだ。だから芸術だなんて認めて貰わなくてもかまわねえよ。神楽は神さんに見せるもんだ。神さんが喜んでくれりゃ、それでいいんだ、うるさくいうこたあねえよ」

煙管を吹きながら、ぼそりと言った。穏やかに聞えたが、毅《つよ》い声であった。神楽師の土性っ骨が言葉の裏《うち》に根を張っていた。藤二郎が沈黙すると、久太郎は煙草をつめながら自分の用件を切り出した。神楽の劇場公演の一件であった。

「なんてったって神楽の為になる話だから、あっしは一存で有難くお引き受けして来たんだが、一つだけ条件をつけたんだ。先刻《さっき》も言ったように、神楽はまず神さんにお見せ申すもんだ。それでなけりゃ神楽の本筋じゃねえ。そいで代々木さんに頼んで、公演する劇場の二階の正面に神さんをお迎えして貰う心算だ。それと、もう一つ、これに一緒に出て貰う連中へ言っとくが、こんだの公演の演目《だしもの》、役つけの一切は吉哉にまかせることにした。あっしもあいつの指図通りにやる。藤二郎もそれを承知しといてくんな」

言うだけ言うと、久太郎は煙管をしまって立ち上った。

「しかし、兄貴、吉哉はまだ十九の子供だ。一切をまかせるって、そいつは無茶じゃねえか」

藤二郎が半ば煙に巻かれた面持で訊いた時、久太郎は晴れ晴れと笑った。

「吉哉はおめえ、たいした者《もん》だぜ」

三

公演は翌年の一月十五日と定った。翌年といっても準備期間は二カ月余りしかない。吉哉は俄かに多忙となった。

神楽、一般に里神楽と呼ばれている吉哉達の演ずる神代神楽は進一の分析によると、神話を脚色したストーリィの中に宗教的な太太神楽の舞と、喜劇的なモドキの踊りや所作と、歌舞伎の所作との三つに大別することが出来る。いわば諸国の様々な民間芸の集った江戸という特殊な環境の中で発達した特異な神楽であり、その曲目も多種多様であったらしいが、幕末期に極端に低俗化したものが現れ、昼間は別として夜間には全く猥褻なものが上演されて識者の顰蹙《ひんしゅく》を買った。そこで明治八年、神道事務局が検査した「試験済郷神楽番組」二十七曲が上演を許可され、今日に伝えられた。だが、その中にも『天磐扉開《あまのいわとびらき》』や『天之返矢《あめのかえしや》』『熊襲征伐《くまそせいばつ》』などのように屢々《しばしば》演じられるものもあれば、『笠沙桜狩《りゅうささくらがり》』や『狭穂稲穂《さほいなほ》』の如く神楽師でも名前さえ知らないというのもあった。

「こうやって一つ一つ検討してみると、やっぱり流行らない曲は例外なしにつまらないもの、よく出来てないもんだね」

吉哉の実演まじりの説明を見聞きしながら、進一は感に堪えぬもののように唸った。

「だけど、埋もれてる曲の中にもちょっと手を加えれば面白くなるんじゃないかと思うような気がするのもあるんだ。捨てかねるってのか、俺は面白くないからって放り出されちまう曲がかわいそうなんだ」

　吉哉はテープレコーダーのリールを巻戻しながら呟いた。すべての神楽の拍子を便宜上、テープに吹き込んであるのだ。

「そういう感傷は捨てちまわなけりゃいけないよ。大体、神楽はストーリイ自身もそうだけど、パントマイムだってすこぶる単純だから観客には何をやってるんだか見当もつかない場合が多いんだ。今の若い連中、僕らより下の層は歴史で神話を習ってないし、そういう適当な本もないから、殆んど神話に対する知識がない。だから、たとえ久太郎さんがどんな名演技をふるっても、その筋を完全に理解させるってことは、まあ困難だろうね。うちのおやじなんかも、マイクを通して神楽のストーリイを話すべきだなんて言ってるけど僕は反対だね。演技を一々、傍から説明して分らせようなんてのは愚の骨頂だ。解説付でなけりゃ解らない演技なんて、演技の中に入らないよ。まあ、そうは言っても難しい事だろうけどね。でもさ、神楽もパントマイムである以上、解説をつけるのは恥ずべきことだという位の元気が欲しいと思うんだ」

　無感動に回転するリールをみつめながら、吉哉は慎ましく進一の声を聞いていた。長い睫毛《まつげ》を伏せて素直にうつむいている吉哉の姿は一見、ひどく頼りなげだった。

だが、女の子のような華奢な吉哉の身体から、次第に発酵され、充満されてくる力強い闘志を進一は注意深く見守っていた。

進一は機会あるごとに、吉哉を誘って出かけた。歌舞伎、新劇、日本舞踊のリサイタル、バレエ、モダンダンス、能、狂言、宮内省雅楽の研究会に至るまで切符を工面し、研究室づとめの時間を割《さ》いて同行した。

「今更、じたばたするようで、まるで泥縄式だが、見ないより見といた方がいいんだ。無理に消化することはない。なまじそれを神楽に取り入れようなどと思わずに気楽に見るんだな」

そう言って進一はにやにやした。

「打ち明けていうけど、今言ったのは俺の意見じゃないんだ。勿論、僕も同感だったから、その通り受け売りして君に伝えたんだが、こいつは久太郎さんの言葉なんだ。今まで君を連れて行った公演会は全部、久太郎さんの指図で、僕はただ依頼された通りに動いただけなんだよ。しかし、驚いたね、歌舞伎や能はまだしもモダンダンスとバレエのリサイタルの新聞広告をしめされた時ゃあ、全く度胆を抜かれたよ、こいつはやられたと思ったね。うちの親父なんざ新しがりの方だけど、流石に呆気にとられていたよ。元締って人は老いぼけたような顔をしてて、よく神経を使ってる。やっぱり、ありゃあ本物の名人だってさ」

進一が手放しで賞めた時も吉哉は白い歯を見せて嬉しそうに笑っただけであった。そこまでは気づかなかったが、おやじならその位のことを言いかねない、と吉哉は驚かなかった。

(東京一の神楽師だ)

(枯淡の名人芸よ)

(得意の両使《りょうづか》いをやらせたら、全く至芸だね)

などという上っ面だけの讃辞以上のものを吉哉は、はっきりと摑んでいた。吉哉は神楽師としての久太郎のすべてを尊敬し、人間としてのおやじを愛していた。両使いというのはモドキの面を正面と後頭部とに二つつけて、衣裳も前後のないものを着て、後向きでも前向きの如く踊ってみせるものであった。普通『三輪神杉』の後段に行われていたが、これだけ独立して見せる場合も多かった。神楽の芸を端的に見せ得るものとして客受けがよかったから、神楽師の誰もがやりたがり、小器用な人間なら一応それらしく見せる事が容易であった。それでいて註文をつけたら難しい事もこの上なかった。モドキの面をつけながら下品にならず、派手に踊っていて車輪に動かず、器用にやって、大味《おおあじ》に見せねばならない。久太郎の両使いが至芸

といわれるのはこの故であった。しかし、久太郎は、

「両使いなんてもんはケレンで見せるんだから自慢にもならねえ、賞められたって仕様がねえや」

とまるで取り合わなかった。

十二月の始めに吉哉は公演のプログラムを組んだ。

須佐之男命の大蛇退治物語の『八雲神詠《やぐものかみうた》』、伊邪那岐命と伊邪那美命の死別を語った『幽顕分界《ゆうけんぶんかい》』、日本武尊の『熊襲征伐』、海幸山幸の説話で有名な火照命《ほでりのみこと》と火遠理命《ほおりのみこと》の兄弟争いを語る『山海幸易《さんかいこうえき》』、オトギ神楽から『稲葉素兎』、新神楽としての『新剣幽助《しんけんゆうじょ》』という三条の小鍛冶の物語の六本を撰び、それぞれ、充分に手を入れ、舞にもパントマイムにも要心深く、しかし思い切った改訂をほどこした。その他にサンプルとして『両使い』と太太神楽から、『岩戸』を一曲だけ上演することに定めた。

太太神楽というのは、神代神楽が芝居的な要素を多く含むのに対し、舞が主体となっているもので、舞は能楽でいう中の舞、序の舞、男舞などに非常に類似していた。それだけに型も拍子も専門化したものだから、普通の神代神楽を演じる神楽師の中で、太太神楽を舞うことの出来る者は幾人《いくたり》もなかった。久太郎が神楽師仲間で

名人といわれるのも、太太神楽を完全にマスターしている事にも拠った。吉哉は久太郎からその太太神楽をそっくり学び取っていた。

東京に残る太太神楽の拍子には品川神社の品川拍子と根津神社の根津本間とがあって、神楽師仲間では品川流、根津流などという呼び方も使っていたが、久太郎はそれに手を加えて更に独自の太太神楽を創り出していた。若い頃、彼が面芝居に凝って、勧進帳などに歌舞伎名代俳優にも劣らない芸と騒がれた時代があった。そんな縁で、先代の成駒屋と昵懇《じっこん》になり、太太神楽について助言を受けた事もあったし、久太郎自身、能のファンで観世左近に傾倒していた影響などが、自然に彼の太太神楽に役立っていた。

いわば、久太郎の太太神楽こそ、彼が一生を賭けて生み出した、彼の神楽といえた。

吉哉は、その久太郎の太太神楽の中から『岩戸』を取った。それには全く彼の改良を行わなかった。他人がくちばしを入れる余地の全くない、磨き上げた舞であり、太太神楽であることを、吉哉自身が知っていた。

『岩戸』は天宇受売命《あめのうずめのみこと》と天手力男神《あめのたぢからおのかみ》との、二つの舞から成り立っていた。久太郎に宇受売命を舞ってもらい、吉哉は自ら手力男神を演ずる心算だった。

「俺は俺の力のありったけを尽しておやじと舞うんだ」

プログラムを組み終えた時、吉哉は雪絵にだけそう言って無邪気な笑顔を見せた。

四

注連飾《しめかざ》りをはずした朝に地震があった。

久太郎が用足しに出かけた後で、吉哉は雪絵と一緒に公演会のための衣裳調べをしていた。十畳の部屋一杯に葛籠を並べ、取り出した衣裳、狩衣、長絹《ちょうけん》、舞衣《まいぎぬ》、法被《はっぴ》、千早《ちはや》、大口《おおくち》、半切《はんせつ》、軽衫《かるさん》などの中で二人は思わず駈け寄った。

「大丈夫、横ゆれだから……」

揺れは長く続いて、ゆっくりと途切れた。

「大きな地震ね」

雪絵はさりげなく吉哉の摑んでいた手を抜いた。吉哉は黙った儘、雪絵を見た。

「あら、時計が止ってるわ」

旧式な柱時計を仰いで雪絵は屈託のない声をあげた。吉哉は不機嫌を露骨に顔に出し、ぶすっと立上って時計の振子を直した。

「ねえ、先刻《さっき》の地震で、私、戦争中を思い出しちゃったわ」

大口の袴を繕いながら、雪絵は後向きのままで喋り出した。

「空襲になるとおじいちゃんはあたしと吉っちゃんを防空壕に入れて、おばあちゃんと二人で葛籠と面箱の間にぺしゃんと坐ってたわね、焼夷弾が落ちたってびくともするもんじゃねえ、みんなおじいちゃんが消し止めてやるから心配するんじゃねえって。あたしと吉っちゃんは、おじいちゃんが迎えに来てくれるまで真暗な中で心細い顔をしてた、私が眠くなって、つい、こっくりすると吉っちゃんたら、姉ちゃん眠っちゃ駄目だよってぐらぐら揺すぶるの、あの頃から吉っちゃんて神経質だったわね」

吉哉はむっつり押し黙っていたが、構わずに喋り続ける雪絵の話には引き込まれていた。爪をあげているらしい子供のはしゃぐ声が聞え、表の道を珍しくオートバイが走って行った。

「あたしね、あの時、おじいちゃん、口では元気そうなこと言ってたけど、もし焼夷弾がどかんどかん落ちたら、衣裳箱や面箱と一緒に心中する気だったんじゃないかしら……」

「姉ちゃんって可笑しな事を考えるんだね。どうしてそんな事、思いついたのさ」

苦笑交りに、とうとう吉哉は顔を上げた。

「どうしてってこともないけど、こうやって幾度も繕った痕のある大口や長絹を見ていると、こんな沢山の衣裳の一つ一つにおじいちゃんの愛着がしみついているような気がするの。代々木さんの宮司さんが衣裳や面を疎開させる所がないのなら、疎開先を世話して上げようとおっしゃって下すったのに、どうしても手放す事が出来なかったおじいちゃんの気持が分るのよ」

糸目を拾いながらしみじみと雪絵は言った。女らしさが雪絵の姿態から匂うようだと吉哉は思った。

「そりゃ、衣裳もそうだろうけど、面だっていいのがあるからなあ。この舞楽面は黒田家から出た由緒のあるもんだし、醜女《しこめ》もその桐の箱に入ってるのは能で使う般若で、室町期の作だっていう。宇受売の面もそっちの二つは能面の小面《こおもて》だよ。神楽師仲間でここのおやじ程、いい面や古装束《こしょうぞく》を揃えてる者は他にないんだから……」

寡黙な性質《たち》が、雪絵が相手の場合だけは釣られて明るく喋る。雪絵は畳みつけた大口を葛籠に収めると、吉哉の手の中の小面をのぞき込んだ。

「小面も好きだけれど、私、若女《わかおんな》の面が欲しいわ。ほら、いつか水道橋の能楽堂で吉っちゃんと観た〝千手《せんじゅ》〟の時、あのシテがつけてた若女の面、ああいうのが好きなの。琴を弾く型で、ふと松風を聞いて顔を上げた、あの瞬間の千手の面の美しかったこと、今でもはっきり目に浮ぶ位よ」

「センチなこと言ってやがんの。姉ちゃんって全く、くだらない事ばっかしよく覚えてるんだね。婆さんになると無形文化財だよ」

二人は軽く笑った。二人だけのそうした思い出がまだ数限りなくあるのだという思いが吉哉を和《なご》ませた。

日ざしが縁近くの霜柱をじとじとと融かしていた。

十五日の公演は盛会だった。

二十歳の青年が主体となって、神楽のリサイタルを、それも小さいながら中央の劇場で催すというニュースは、好事家を喜ばせ、一般の注目を浴びた。

白石宮司の知人の斡旋で一流の新聞社が後援の形をとったのも成功だった。一枚三百円の切符がお義理の相手ではなく、思いがけない数の申込者があった。某大学の神楽研究会から大口の希望もあって、会場は殆んど満員となった。雪絵も受付に立った。本来なら当然裏方《うらかた》の手伝いをする筈だが楽屋は女人禁制であった。

「なにも、それまで……」

と吉哉ですら危うく言葉に出しかかったが、久太郎は徹底していた。ホールの二階正面席は六つばかりを区切って注連縄を張り、その中に『御神符』を収めた白木造りの小さな社《やしろ》が安置されていた。開幕前にはこれも久太郎の強引な希望で白石宮司が自ら装束に身を改めて、祓いを行った。無論、楽屋では出演者の全部が大帛《おおぬさ》の祓いを受けた。

公演は午後二時に始り、予定通り五時に終った。

圧巻はやはり太太神楽の『岩戸』で重厚な久太郎の宇受売の女舞と、豪快な吉哉の手力男とは見事なアンサンブルをしめし、観客は固唾《かたず》を呑んで見惚れた。

五

吉哉が不良に刺されたのは、公演が終って三日目の夜半、小松川の路上だった。

吉哉の神楽公演はとにかく好評だった。その批評は二、三の新聞にも掲載され、

「まだ問題は幾らもあるが、とにかく旧態依然たる里神楽に警鐘を与え、その一歩を進めた若い努力は買うべきものがある……云々」

と極めて好意的なものであった。

代々木神社の氏子でもある作家の三枝晋《さえぐさすすむ》は、作品に好んで日本の諸芸能を背景に使うところから、神楽にも関心が深く、今度の公演には後援者に名を連ねたばかりでなく、プログラムにも吉哉へ激励文を載せて呉れた。

「吉哉君は見かけと舞台とが正反対だね。普段の君は女の子みたいに線が細いし、陰気そうに見えるんだが、舞台は実に豪放で明るい。どっちが君の正体なんだ」

その日、三枝老は自宅に招待した吉哉の前で上機嫌に問うたりした。席上には白石宮司、進一も招《よ》ばれていた。久太郎も吉哉と同行する予定だったが、やはり年齢《とし》で公演の気疲れが出たのか、風邪を引き込んで不参した。

「吉っちゃんてのは不思議な男でしてね、陰陽の両面を使い分ける事が出来るんです。どっちが本物なのか恐らく自分でも解ってないでしょう。これから人生の苦労を一つ一つ身につけてみて、そこであぁ、これが俺の正体だったと気がつく時が来るんですよ」

とすっかり酔った進一が、彼が少しばかり身につけているキザな言い方をした。

「陰陽の両使いか。よかろう。モドキの両使いの名人の伜だ。両使い、大いに結構だ」

酒呑童子がしなびたような形相で、三枝老は呵々《かか》と笑った。

「しかし、久太郎老人は嬉しかったんでしょうな。太太の〝岩戸〟が済んで、吉哉君が楽屋へ入るなり久太郎老人の前に手をついたんですよ。老人は一つうなずいて見せて、自分で面をはずしにかかったんで受け取る心算で私が手を出すと、老人が否というんですね、自分で面箱の蓋に置いて、衣裳替に立って行った。少しばかり気になったのでその面を手に取って見たんですよ。面の中がぐっしょり濡れてるんですな。じんときましてね、全くあの毅気な老人がと思うと……」

これも大分、酩酊気味の白石宮司が言った。それが、いよいよ三枝老の気に入って、

「どうだ、今日は祝いになにか記念をやろう。なんでも言ってみい」

と言い出して、いくら吉哉が辞退しても聞かない。あげくは袋戸棚から一箇の面箱を持ち出して、これをやるという。

「昔、金沢で手に入れたもんじゃ、能の若女の面《おもて》でな、江戸中期の作というから、そんなに古いもんじゃないが、いい面《おもて》だぞ」

（若女……）

金沢は古くから有名な面造り師を生んだ伝統的な町として知られていた。

三枝老の言葉に吉哉は、はっとした。

思い切って蓋をはらってみると、美しい女面が紫の袱紗《ふくさ》の中にひっそりと沈んでいた。紫の色に融け込みそうな深味のある肌の艶といい、丹を彫った唇《くち》の辺りも匂うようであった。

欲しいと吉哉は思った。

「こんな見事なものを頂いて、おやじもどんなに喜ぶか知れません。おあずかりする気で大切に保存致します」

十時を聞いて暇を告げる時、吉哉は勧められるままに、その面箱を風呂敷に包んで持った。私鉄で新宿に出、更にお茶の水で乗り換えて、新小岩駅へ着いたのは十二時近かった。

(心配してるだろう……)

急ぎ足で商店街を出はずれた時、路上の暗がりにぐれん隊風な三人の男がいた。うつむいて大股に歩いていた吉哉は気づかなかった。かなり酔っていたことが、彼を不注意にさせた。面箱の大きな包を大事そうに抱えているのだ。すれ違いざまに男の肩が意識的に吉哉を突いた。喚《わめ》きながら、いきなり包に手を伸ばした。熟柿臭い相手の息が吉哉の鼻を突いた。

「なにをするんだ」

力まかせにふり放した。上背《うわぜい》がある。相手のちんぴらは小さな喫茶店の色ガラスへ顔から叩きつけられた。破片がとび、血だらけな顔が街灯に浮んだ。

「野郎、やりゃあがったな」

叫んだ男はポケットに果物ナイフを持っていた。騒ぎに顔を出した喫茶店の女が、けたたましい悲鳴をあげた時、吉哉の身体は面箱を抱えたまま、路上へ重く倒れた。


どんよりした思考の中で吉哉は若女の面を見ていた。

（おやじもどんなに喜ぶでしょう）

といい、自分もおやじに見せよう、喜んで貰おうと後生大事に抱えて来た。しかし、

（吉哉、お前はそれを誰に見せよう、喜ばせようと思ってたんだ。そりゃあ、おやじではあるまい、三枝家で若女の面を見た瞬間にお前はその人の事を思った筈だ）

（そうだ、何日《いつ》か姉ちゃんが言った。若女の面が欲しい。千手《せんじゅ》を舞った時のような美しい若女の面があったら……そう言った姉ちゃんの声が腹の中にあったから、俺は若女の面が欲しかったんだ……）

（すると……おい、吉哉、お前はひょっとすると、神楽が好きで、おやじを尊敬し

ているから小松川で修業しているんじゃなくて、雪絵が好きだから、あの人の傍で暮せる事のために神楽師になろうとしてるのじゃないのか……)

(違う、俺は、神楽が好きだ。おやじが好きだ。神楽師になるために、おやじの芸を、土性っ骨を、しっかり身につけようと思ったんだ。俺は生みの親よりも、おやじの子になることをどんなに喜んだか、おやじ、そうでしょう。俺はおやじの一人っきりの息子だったでしょう……)

吉哉の手が、久太郎の皺だらけな、老人の斑だらけな腕を最後の力で摑んだ。

「おやじ、俺は神楽が好きだったんだよ」

乾いた唇が、それだけを告げた。白い病院のシーツの上であった。

六

線香の煙の中に、雪絵は坐っていた。他に人の気配はなかった。雪絵は坐った儘、前掛をほどいた。朱《あか》い縮緬の紐の付いた古風な前掛で明るい浅黄に朱と白の梅が染めてあった。昨年の正月、他《よそ》から貰い物の風呂敷を、吉哉が自分で裁縫して作ってくれたものであった。

「姉ちゃんには今時のエプロンなんぞより、こういうのがきっと似合うよ」

長身の背をこごめて、だが器用に針を運んでいた吉哉の子供っぽい姿が、痛い程思い出された。

死んだことが嘘のようであった。机の上には五、六冊の愛読書とインク壺と硯箱と仕舞扇子がきちんと置いてあった。壁ぎわには一着きりの背広とオーバーが掛っていたし、玄関の靴脱ぎの横には黒の短靴があった。台所の棚も吉哉が作ったものだったし、暮に張り替えた襖紙に木の葉をあしらった洒落た細工も吉哉のものであった。家のすべてに吉哉の匂いがしみついていた。今にも足音がして帰って来ても不自然ではなかった。玄関の戸が開いた時、雪絵はもう何度も経験した錯覚を、又、新しくした。

声もかけずに入って来たのは吉哉の生みの母、ふみであった。

「いらっしゃいまし、あのおじいちゃんと一緒に……？」

雪絵は慌てて座布団を取りに立った。吉哉の十日祭を代々木神社の白石家でやってくれた。久太郎はそれに出かけているのだ。雪絵は東吉夫婦も共に行ったものと思っていた。

「十日祭だかなんだか知りませんがね、家じゃあ親の代からの法華なんですよ、二《ふ》た七日《なぬか》には、深川の家へ、吉哉の生れた家へ、坊さんをよんで供養をしてやります。だれが代々木さんなんぞへ……」

ふみは激した声で言った。

通夜《つや》の晩、吉哉の死体にとりすがって、

「元締が殺したんだ。ここのおやじがお前を殺したんだ……」

と泣き喚いたふみであった。

「こんな家にゃ吉哉を置けない。深川の家へ連れて行って、通夜も葬式も深川でやるんだ」

半狂乱で叫んだが、久太郎は勿論、許さなかった。

「吉哉は俺の息子だ。吉哉の家はここの他《ほか》にはない、滅多な真似はさせるもんか」

肺腑をえぐる声であった。

「滅多な真似たぁなんだい、人の子を無理に連れ出して、あげくの果がこのざまだ、吉哉を産んだのは私じゃないか、吉哉を返せ、生かして寄こせ」

ふみは久太郎に摑みかかろうとして抱き止められた。

「おふみさん、あんたの気持もよく分るが、最後まで元締の手を握って放さなかった吉哉君の言葉を考えてやって下さいよ、頼みます。元締の気持にもなってやって下さい」

居合せた白石宮司の言葉もふみは振り切って帰った。葬式も別に深川で仏式でやった。焼場《やきば》に運ばれる吉哉の遺体の傍には、青竹をついた久太郎がぴたっと寄り添って歩いた。

ふみがこの家へ来たのは通夜の日以来であった。

「あたしゃね、吉哉の道具を貰いに来たんだよ、こんな家へ吉哉のものを置いとくのは我慢がならないんだ。吉哉のものはなにからなにまで貰っとくよ。あの子のものはなに一っかけら、ここへは置かないんだ」

ふみは手当り次第にそこいらの物をかき廻して、部屋の真ん中に積み重ねた。

「そんな勝手なこと……」

雪絵は唇を噛みしめて部屋の隅に立っていた。吉哉の着物も服もここで作ったものであった。深川の家で買って寄こしたものは何一つなかった。常人で出来ないふみの狂態であった。雪絵はふみを止める気にもなれなかった。部屋の中央に大きな包が三つ出来た。ふみは表に声をかけた。タクシーが待たせてあったのだ。二つを運び、三つ目を持った時、ふみの目に神棚の中が映った。白木に『西江吉哉命霊』と書いた霊璽《れいじ》があった。

「こんな所に吉哉の位牌が……」

ふみは手を伸ばした。

「あ、いけません。それは……」

雪絵がたまりかねて叫んだ。

「吉哉の位牌を、こんな家に置けるもんか」

むき出しのまま摑んで、ふみは外へ出た。

「違います。それは白石様が作って下さった御霊璽です。位牌ではございません」

雪絵は跣《はだし》で後を追った。

「お願い、それだけは……それまで持って行かれては、おじいちゃんがあんまりかわいそうです」

だが、タクシーはふみの小肥りな身体を乗せて走り去った。

白石進一を伴った久太郎が帰って来たのは、ふみとほんの一足違いであった。自分達が招いた宴席の帰途に吉哉があんな事になってしまったのを、白石一家はひどく責任に感じていた。吉哉を平常から甥かなんぞのように可愛がっていた白石宮司も志津子も、通夜や葬式に他人の手をわずらわさなかった。吉哉を失った久太郎の傷心を最も理解しているのも雪絵を除けば、白石一家の他はなかった。

泣きじゃくりながら訴える雪絵に、久太郎はやがてぽつんと言った。

「いいじゃねえか、持って行きたい者には持ってかせろよ」

とり散らした部屋の中をぐるりと見廻し神棚を見た。

「吉哉はどこにも行きゃあしねえや。いつだって俺と一緒に、俺の傍を歩いてらあな」

吉哉は死んじゃいねえ、俺の影身に添って離れるもんじゃねえんだ。と、それだけの思いで通夜、葬式を己れに鞭うって勤めて来た久太郎であった。

「でも、深川の小母さんはあんまりひどい。いくらなんだって……ひどすぎます」

涙の顔で雪絵は口惜し気に言った。

「おじいちゃんは口惜しくないんですか」

「口惜しいよ。口惜しいとも……」

不意に久太郎の声が狂った。

「俺が命のありったけを叩き込んで育てた吉哉が死んじまった。え、そんな馬鹿なことがあるもんかよ。吉哉は殺されたんだ。虫けらみてえな野郎によ。畜生、何が災難だよ、罪も科《とが》もねえ人間が藪から棒に殺される。そんな連中を野放しにしておきゃあがって、何が警察だよ。吉哉を殺した奴ぁ何年かもっそう飯を喰って娑婆へ帰《け》えってくる。何年、何十年待ったって吉哉が帰《け》えってくるもんかよう。俺達ゃどれ程悪いことをしたってえんだ。どんな罪があったってえんだ。どうして吉哉は殺されなきゃなんねえんだ。え、俺ぁね、誰に向って怒鳴ったらいいんだよう。俺にゃ、もう神も仏もねえや、済まねえことだが、代々木の神さんだって、俺ぁお怨み申してえんだ」

土間に立ちすくんだ儘、うなだれている進一を久太郎は眼を上げて見た。久太郎のしなびた身体に燃え上った怒りの上を、かなしみが灰色に這った。

「神楽師が神を怨まなけりゃならねえ程の口惜しさにくらべたら、深川のおっ母のことなんざ、どれほどでもねえ。なあ、雪絵、おじいちゃんの口惜しいのは、怒りをぶっつける相手がねえってことなんだよ」

圧《おさ》えた声で呟くと、久太郎は落ち窪んだ眼尻から涙をふりこぼした。

花畑の黒土に春の日ざしが温かく感じられるようになった日、久太郎は白石宮司から雪絵の縁談を聞いた。進一の嫁に欲しいというのである。

「実は当人の口から雪絵ちゃんの名前が出たんですけどね、私達も異存はございません。異存どころか、何故もっと早くに気がつかなかったかと、本当に迂闊なもんですわねえ。吉っちゃんのことがあるんで、もう少し時期を見てお話ししようかとも考えたんですけど、いっそ、この縁談がまとまって、元締もここの家へ移ってもらったら、少しは気晴しにもなるんじゃないかなんて進一もいうもんですからね……」

横から口を入れた志津子には一人の息子に甘い母親の身勝手と、久太郎一家に対する思いやりとが程よく調和していた。

「なんといっても本人の気持が第一だから、とにかく一応雪絵ちゃんに聞いてみて下さいな。お願いしますよ」

志津子の言葉に久太郎は頭を下げた。

（幸せな縁だ）と久太郎はしみじみと思った。

久太郎が先妻の篠《しの》と死別した時、それまで馴染んでいた吉原のお玉という女と納得ずくで別れた。間もなくお玉は落籍《ひか》された。後妻であったが千代子という子まで生れたという話は久太郎も聞いていた。だが、それから二十年近くも経った或る日、まつが生れて間もない女の子の赤ん坊を抱いてきて、貰い子にしようといい出した。

時久太郎は呆気にとられた。それが千代子の子で、しかもみなし児だというのだ。

千代子は神楽坂から芸者に出ていて妊娠《みごも》った。父親の名は千代子には解っていたらしいが誰にも言わなかった。女児を産み、五カ月目に心臓病で急死した。無論、すでにお玉も千代子の父も死亡していた。

まつはその話を藤二郎から聞いた。その足で神楽坂へ行き、子供を引き取って来たのだった。まつの量見は男の久太郎に皆目見当がつかなかったが、夫婦の間に子供もないし、人工栄養で雪絵はすくすくと育った。

そんな打ち明け話を知っていて、一人息子の嫁に望んでくれた白石家の気持が、久太郎はひどく嬉しかった。進一の母親の志津子が普通のお嬢さん上りではなく、京都で舞妓だったというのも花街に出生の秘密を持つ雪絵のために何かと好都合に感じられた。

久太郎から縁談を聞かされた雪絵は、暫く身体を固くして俯いていたが、思い切ったように言った。

「おじいちゃんに、見て頂きたいものがあります……」

次の間の床から笛を取って来て久太郎に渡した。自分はその一間ばかり前に太鼓を置いて坐った。

「お願いします、おじいちゃん」

久太郎は雪絵の眼を見た。雪絵の奇異な行動を驚く様子もなく黙って笛を唇に当てた。雪絵は撥《ばち》をかまえた。始めて久太郎の眼が喰い入るように雪絵に注がれた。

堂に入った構えであった。

屋台《やたい》、昇殿《しようでん》、かまくら、四丁目《しちようめ》、玉打と一段を終えた時、久太郎は笛を膝に下ろしていった。

「金町の源次郎さんの所へ、何日《いつ》から通い出したんだ」

雪絵は答えられなかった。

「おじいちゃんが知らねえとでも思ってるのかい。お前の身のこなし、腕つきなんぞ毎日顔を突合せていて、それと気がつかねえほどおじいちゃんは耄碌《もうろく》してねえや」

「すみません。二月の七日から……」

久太郎の頬を感動が走った。

「私、おじいちゃんを見てるのが辛かったんです。吉っちゃんが死んでからおじいちゃんは魂が抜けた人みたいで……かわいそうでたまらなかったんです。雪絵は女ですけど、一生懸命になれば出来ない事はないと思って、金町の源次郎師匠の所へ頼みに行ったんです。おじいちゃんにいうと笑われるような気がしたんで手芸を習いに行くって嘘をつきました。ごめんなさい、おじいちゃん」

雪絵はおろおろと手をついた。

「おじいちゃん、生意気いうと叱られるかも知れませんけど、雪絵に神楽を教えて頂けないでしょうか。雪絵が神楽師になってはいけないでしょうか」

久太郎は両膝を摑んでぶるぶると慄えた。雪絵の思いつめた心も嬉しかったが、今、聞いた撥の音が耳朶にまつわりついて放れなかった。いくら普段の耳勉強があるからと言っても、たった二カ月足らずの稽古である。

(間拍子の確かさ、撥さばきも女とは思えない歯切れのよさだ)

ものになる、久太郎はそう思った。雪絵が内緒で囃子の稽古を始めているのを、薄々、察しながら、わざと知らぬふりでいた久太郎の胸に、自分でも無意識の中に描いていた、神楽師としての雪絵の姿が俄かにくっきりと浮び上った。

(吉哉に破れた夢を雪絵に……)

それも、今日始めて見た雪絵の業《わざ》から思えば出来ない事ではないようだ。一瞬ではあったが久太郎の眼に火が点《とも》った。しかし、久太郎は激しく首を振った。

「そりゃ女神楽師というのも、墨田の元締の所あたりにゃいるらしいが、おじいちゃんは反対だね。女にゃ汚《けが》れがある。神さんの前に出られるもんじゃねえ」

「でも……」

必死な顔で雪絵が言った。久太郎に対してこの娘が口返答をするのは今日が始めてだった。

「里神楽の一番古い型は湯立《ゆたて》神楽といって、熱湯のたぎる釜の廻りをお巫女《みこ》さんが竹の葉を持って舞い、祓いの意味を持ったものだと聞いています。だったら女でも神様の前へ出てはいけないことはないと思います。それに……」

雪絵は口籠り、赤くなりながら続けた。

「女の汚れがあっていけないというのでしたら……私、本で調べたんです、あの、女であることを諦める気になれば、月の障りを一生、止《と》めることも出来るのです、雪絵、その決心もしています」

「馬鹿野郎、なんてことを言いやがるんだ」

いきなり久太郎はどなりつけた。

「まっつぐな人間の道をふみはずして、なにが神楽師だい。馬鹿も休み休みいいな」

巻舌でぽんぽん叱りつけたが、眼はうるんでいた。

「雪絵がもし、仮にだよ。神楽師になったとしたら宇受売《うずめ》みてえなもんは面をつけねえでやれるだろうよ。そんな所から新しい神楽の型が生れるかも知れねえ。だが、スサノオやモドキはそうはいかないよ。動きの方は修業によっては技術でごま化すことが出来るだろう。だからどうだってんだ。神楽の修業は囃子に八年、舞に十年という。若い女の身空で、そんな修業がなんになるてえんだ。女のくせに、女だてらにと世間様から陰口を叩かれ、同業の仲間からも白い眼で見られながら、一日稼いでせいぜい五百円ばかしの祝儀を貰う。昨日一昨日、黄色い声を張り上げたズブの素人が、やれ人気歌手だ、天才だって何十万てえ金を取る世の中なんだよ。神楽師の殆んどが楽屋へ酒を持ち込んでいるのを、おじいちゃんが昔ほど厳しく叱る気になれねえ御時勢なんだ。神楽師だけを表看板に食べていける者なんざありゃしねえ。花を造ったり、人様の縫い物をして漸くおまんまが頂けるんだ。男はそれが好きだ、貧乏しても神楽がやりてえってんなら、それもいいさ。みすみす幸せをふりすてて女のお前がそんなみじめな思いをすることがあるもんかな。雪絵が苦労して女神楽師になってくれたって、おじいちゃんは嬉しかねえ。お前を育てた婆さんだって涙をこぼして怒るだろうよ。お前は幸せな女になりゃいいんだ。代々木さんの御新造《ごしんぞ》なら、おじいちゃんに文句があるもんかな」

久太郎は泣いている雪絵の横顔を見た。

（そういやあ、どっかにお玉の面影があるようだ……）

その癖、お玉という娼妓の顔はまるで記憶に残っていないのだ。

「雪絵は、おじいちゃんの跡目の事を心配してるんだろうが、跡目なんぞその中に適当な者《もん》が継《つ》いでくれるさ、おじいちゃんの芸だって、神楽師仲間の誰彼が自然に後《あと》へ残しといてくれるもんだ。芸なんてのはそんなもんだぜ」

久太郎は鴨居にかかっているいくつかの面《めん》を眺めた。大蛇《おろち》、熊襲《くまそ》、竜神、男面《いざなぎ》、と四つの面にはいずれも時代の古さが翳のようにこびりついていた。何人もの神楽師の手を経てきたこれらの面を、これから何年、神楽師の手で守ることが出来るのか。

「それよか、雪絵、お前は進一さんをどう思ってるんだ。え、嫌いじゃないんだろう」

久太郎は穏やかな声で雪絵をみた。ひっそりとうなだれている雪絵の頬に、初めて娘らしい恥らいが浮び上ってくるのを眺めると、久太郎は幾度も、幾度も、うなずいた。

七

縁談はとんとん拍子に進んだ。

「吉哉さんの一年祭までは……」

と一応、みんなが遠慮を見せたが、

「なあに、そんな斟酌にゃ及びませんや、めでたい事ぁ一日でも早いに越した事はねえ、それに雪絵は男手一つの育ちでなんの行儀作法も知りやせん。奥様《おくさま》の傍でみっちり躾をしてお貰い申す心算ですから、そんなこんなで式の日取は、代々木さんの御都合できめて下さいまし」

と久太郎の一言で、五月の始めに結納が交わされ、末の大安吉日を選んで挙式と定った。

日暮れ近くに、久太郎は代々木神社の石段を上った。五月晴れの一日が終えようとする境内は、ほの白さが杉木立の間をひっそりと流れていた。

宮司は外祭で出かけていて、志津子が茶の間へ迎えてくれた。挨拶を済ますと、久太郎は懐中から部厚い紙包を取り出してテーブルの上へ置いた。

「お忙しいところを手前勝手なお願いを申してすいませんが、こいつぁ雪絵の結婚仕度と申しちゃお恥しいほど少ねえんですが、これであの子にふさわしいような物を奥様に見つくろって頂きてえんです。こんな事ぁ、男のあっしにゃかいくれ見当もつきませんので……」

久太郎は身を縮めるようにして言った。

「そんな、いけませんねえ。元締、家《うち》じゃ雪絵ちゃんが好きで、無理にお願いして貰うんじゃありませんか、裸で、それこそなんにも心配しないでくれとあれほど申しましたのに……」

志津子は真顔で久太郎を責めた。

「そんなに言って頂くほどの銭じゃございませんので……。実を申せばあっしは元締の看板を下《おろ》す気になりやした。こんな年齢《とし》じゃ、もう神楽師をやるのが億劫でしてね。とうとう思い切る気になりまして、不用の面だの装束なんぞを仲間の元締にゆずりました。この銭はそんなわけのもんでございます、せめて雪絵に似合いそうな着物の一枚でも、二枚でも見立ててやって下さいませんか」

さりげなく、なんでもないことのように久太郎が言った。

「じゃ、元締、あんた、あの沢山の面や装束をお手放しなすったの……？」

志津子の手から、開けたばかりの茶缶の蓋が音をたてて転げた。久太郎の面や装束に対する愛着の深さを志津子もよく知っていた。つい先だっても、夫婦で小松川の家を訪れた時、久太郎は部屋中に広げた面の中に坐って、一つ一つに丹念な艶布巾をかけていた。まるで自分の子供でも愛撫しているようだと志津子は思ったものだ。それも、面のそれぞれには神楽師としての久太郎の過去の追憶が潜んでいるであろうことを考えればそうもあろうかと納得出来た。その久太郎があの面を手放そうとは意外に過ぎた。

「いえね、雪絵の仕度のことばかりのために手放したんじゃありゃせんので……。あっしが神楽師を止めようと思ったのは吉哉が死んだ時からの事なんですよ。この年齢《とし》で、あっしが出来ない事を吉哉にやってもらいたかった。吉哉一人にあっしは神楽師の夢を賭けてたんです。そのあいつが死んじまった今、辛いんですよ。神楽師をやるってことが」

沈んだ調子にふと気がつくと、久太郎は気を変えるように首をふり、別に言った。

「あれだけのガラクタ道具を、こんな老耄《おいぼ》れが持っていても始末に困るばかしですよ。宝の持ちぐされですからねえ」

歯の抜けた唇《くち》をほころばせて、久太郎は寂しそうに笑った。

志津子の才覚で、雪絵の婚礼仕度は久太郎が用意した金額の更に数倍を支払って、美々しく整えられた。

白石家では雪絵の嫁入りと同時に一人暮しになる久太郎の生活を察して、共に白石家にくるように何度も勧めた。

雪絵の希望でもあった。雪絵が嫁に行って孤独になったからと、息子夫婦の家へ同居する久太郎でないことを雪絵も白石一家も知っていた。息子であって息子でない久雄一家に久太郎を温かく迎え入れる意志もなかった。

「どうせ家じゃいくつも部屋が空いているんだし、他人行儀にしなけりゃならない者は一人もないのだから、元締、そうなさいよ」

と、志津子が口を酸っぱくして説いたが、

「なあに遠慮で申すんじゃございません。神楽を止めて、のんびりと盆栽作りの一人暮しも結構、気らくがいいんでさ、それに小松川の家にゃ吉哉の魂が住んでますんでね。吉哉と二人なら、淋しいこたぁございませんよ」

久太郎は肯じなかった。

式の当日、久太郎は紋付袴という正装で、早くから雪絵と一緒に会場である芝のT会館へ行った。花嫁の美容も着付も一切がT会館専属の専門家によって行われる。

着付室の隣の控室で久太郎はぽつんと坐っていた。膝には面箱が一つ、因縁の若女の面であった。由緒のある面もすべて手放してしまったが、これだけは最初から雪絵に持たせてやる心算だった。嫁入り道具を送る時、中へ入れて万が一、粗相があってはならないと、久太郎は式の当日、直接に白石宮司に渡す約束をしていた。

「おじいちゃん」

雪絵の声だった。ふり向くと白無垢の花嫁姿がひっそりと立っていた。今にも泣き出しそうな雪絵の笑顔であった。

「きれいだよ。まるで天女様のようだ。おじいちゃんは目が眩みそうだよ」

久太郎は飽かず、見とれた。

「長いこと……お世話に……なりました、雪絵、おじいちゃんのことは一生……」

雪絵は声をつまらせて、うつむくと振袖の袂をさぐって小さな柔らかな紙包をとり出した。

「おじいちゃん、これ、雪絵がおじいちゃんに……」

久太郎は紙包を見た。薄い紙を通して浅黄に紅梅白梅を染めた雪絵の前掛が見えるようだった。吉哉が雪絵の為に作り、雪絵はそれを祖父のために残して行こうとするのだ。

「おねがい。おじいちゃんがあずかって……」

「いいとも、おじいちゃんが雪絵の代りに大事に持っているよ」

久太郎は紙包をしっかかと懐中へしまった。

ふと、囃子が聞えた。

老人と花嫁は同時に窓ぎわへ寄って行った。近くの神社の祭礼らしかった。二階の窓から見下す街路は軒並みに祭の提灯が飾られ、御輿《みこし》が通るところであった。交通巡査が笛を鳴らして整理をしていた。

囃子が又、聞えた。神楽の囃子であった。

「おじいちゃん」

ふっと涙ぐみそうになる雪絵の手を取って、久太郎は静かに首を振った。

七十六年の生涯を、撥《ばち》を握り、笛を取り、鈴、榊、幣、弓矢、剣、鉾などの採物《とりもの》を持った神楽師の手が、T会館の窓ガラスを音もなく閉めた。

つんぼ

日だまりの中に、古登代《ことよ》はちんまりと坐っていた。

狭い中庭を隔てた稽古場から、長唄勧進帳の、滝ながしと呼ばれる派手な合方が力強い撥《ばち》さばきで、まばらな庭木の間を突き抜けるように流れてくる。

「ごめん下さい」

不意に中庭つづきの内玄関の格子戸が開いた。はなやかな若い女のささやきが、

「あら、若先生のお稽古じゃない？」

「ま」

うれしい、とたがいに目まぜして廊下でちょいとコンパクトをのぞき込む。だが、ふとガラス戸越しに離れの古登代の視線に気がつくと狼狽《ろうばい》気味な会釈もそこそこに、

取り澄した足音で稽古場へ急いだ。

障子に、気取った女の指がかかると、

「や、いらっしゃい」

中から若々しい声が応じて、三味線が絣《かすり》の膝をすべった。

「すみません、お稽古のお邪魔しちゃって……」

おきゃんな、女学生っぽい一人がオレンジ色の声を出した。

「いや、今日はみなさんの出足がおそいんで、所在がないから一人稽古してたところでね」

と、若い師匠は如才なく受けて、

「今日、僕が親父の代稽古だってこと知ってて、それでみなさん、敬遠して出て来られないのかと、くさってたんですよ」

軽く笑って見せる。

「まあ、そんなこと……」

折も折、茶を運んできた内弟子の耳がなければ「御家元のお稽古より、若先生の方が余っ程すてき……」とあからさまに言ってのけたいところなのだろう。

「若先生のお三味線、離れのお祖母様が一生懸命聞いていらっしゃいましたわ」

おとなしそうに紫の袂をひっぱりながら、一言でも喋らなければ損という顔でもう一人の娘が話の間《ま》をすくった。

「おばあさま？　ああ、あれは聾《つんぼ》だから耳の傍へ行って怒鳴らない限り聞えやしませんよ」

「聾……？　でも、じっと聞いていらっしゃるようでしたけど……。そう言えばお耳が悪いって伺ったことがありましたわね」

「聞えるようなポーズをしていたいんですね。全然、聞えもしないのに。耳の遠い年寄りの最後の虚栄心だなんて、みんな言ってますよ」

「悪い先生。御自分のお祖母様のことをそんな風におっしゃるなんて……」

「だって本当なんだから仕方がないでしょう。嘘だと思ったら、そこの障子を開けて見てごらんなさいよ。僕はもう三味線弾いてないけど、彼女は先刻《さっき》と同じ恰好して聞いてるから……」

亮太郎は揶揄《からか》い気味に立ち上ると自分から障子を軽く押しあけた。

赤い縮緬《ちりめん》の座布団の上に、古登代は同じ姿勢でじっとうずくまっていた。眉の間に深い皺を寄せ、首を心持傾けたかたちは、若い日彼女が弟子達に三味線を弾かせて、あれが悪い、そこが違う、と叱りとばす時の表情そのままであった。

だが、最近に弟子入りしたばかりの若いお素人さん達は、そんな過去を知る由もない。

「あら、ほんとだわ」

くく……と小さな忍び笑いを残して障子は、はたと閉った。

やがて、音締めの定まらない二上りが、おぼつかない拍子を繰り返し始めても、古登代の態度は崩れなかった。三時になって小さな女中がお茶とカステラを乗せたお盆を彼女の傍へ置いてそっと下って行った時も、古登代の影はようやく傾きかかった日射しの中でふり返ろうともしなかった。

桂《かつら》古登代の耳が遠くなったのは昭和二十年五月二十五日の東京空襲の夜半からのことであった。

といっても爆撃によって鼓膜をやられたというような根拠のあるものではなく、それ以前から少しずつ衰え出していた聴覚が一夜の中に四谷の家を焼かれ、火と風と爆音に追われて逃げ廻ったショックによって急に弱まったのか、翌朝、罹災の報を受けて駈けつけて来た近くの弟子達の見舞言葉も怒鳴るような高声でなければ殆んど聞きとれぬほどになっていた。

「なにせ覚悟はしていたといっても、大師匠にとっては三十年からの住み馴れた家が、目の前であっという間に燃えちまったんだし、B29のいやな音に追っかけられて一晩中逃げ廻ったんだから、ちっとやそっとは耳も遠くなろうさ……」

まあ、落着けば又だんだんと聞えるようになるだろう、と養子ながら、一昨年の春に急死した古登代の配偶、三代目桂仙蔵の跡目を襲って、四代目を継いだ当主の仙蔵は気軽く言ったが、年齢《とし》のせいもあったのか、古登代の耳はそれっきり元《もと》に復《かえ》らなかった。

桂仙蔵といえば、邦楽界では一応、筋の通った家柄である。先代もしくは先々代からの名取りは全国に散らばっていて、その中には地方の素封家とひっかかりのある者が少くなかった。しかも終戦後、政界の交替に乗じて、一躍国会の大立役者となった何某が、先代桂仙蔵からの有力な後援者であった関係もあって、戦後の邦楽界が経済的にも、社会的にも立ち直れないでいる中に、桂の一門だけは焼跡に洒落た住いが新築され、政界、財界の後援者を摑んでとんとん拍子に運が開けて行った。

銀座の復興に先立って七丁目にも稽古所が出来、その翌年には関西にまで出張稽古所も新設された。

「芸はまずい男だが、べんちゃら上手よってなあ……」

「ありゃあ芸人じゃないよ、商人《あきんど》だね」

などと桂一門の隆昌を羨むのあまり、邦楽仲間に於ける仙蔵の評判は香ばしくなかったが、そんな噂をよそに、都内でも一流の花柳界を地盤に持ち、大歌舞伎にまでその一門が独占出演するようになってしまうと、蔭口は自然に立ち消えの形になり、その代りに日本音楽協会の理事という結構な役名に推薦された。

事実、四代目仙蔵は三味線は不得手だったたし、表看板の長唄も決して美声でもなく、節まわしに独自な味を見せるというのでもなかった。そんな彼を殊更、先代が数多い内弟子の中から後継者に定めたのは彼の秀れた社交性を見込んでの事であった。商売上手というのか、どんな場合にも人を逸らさない如才なさが決して嫌味にならず、不思議なほど人気を集めた。

「やはり、御先代はお目が高うござんした。しかし、まあこれほどまでに桂のお流儀が御発展なさろうとは……。草葉のかげでさぞかし喜んでお出でなさいましょうよ」

と古くからの出入りの者達も口を揃えていうし、古参の名取り連中も、

「まったく、御家元の力でございますよ。芸人であれほど政治力がおあんなさる方はちっとばかし類がありますまい」

と正直に喜んでいた。

だが、そんな噂を聞く度に、古登代は一人でむかっ腹を立てた。

「なんだい、芸もろくすっぽ出来ないくせに家元面《づら》しやがって、いい気におなりでないよ……」

誰彼の見境いもなく古登代は喚いた。

「ちっとばかし世間様に知られたからって、ふん、うすみっともない声を出しやがってさ、それでも長唄てえもんでございますかてんだ。三味線をもってごらんよ。三味線をさあ……」

元来、桂流は三味線が建《た》て前《まえ》だった。

名人といわれた二代目仙蔵の一人娘に生まれた古登代は年老いてからの子というハンディキャップも手伝って、我儘のし放題に育てられたが、芸だけは確かだった。勝気で、派手っ気で三十歳になるまで独身を通した彼女は、あげくの果に父の内弟子で六歳も年下の、当時の人気役者の誰某に似ていると若い娘から騒がれていた男と駈け落ちまでして夫婦《いっしょ》になった。

この三代目仙蔵は、温厚だが気の弱い人で芸も地味だったから、三代目の弟子の殆んどは古登代の稽古を受けていたし、家元よりも古登代の顔色に気を使わねばならなかった。

根が勝気で我儘ときている。しかも三味線にはなかなか自信があるだけに、その稽古はすさまじかった。ただ厳しいというだけでなく、女の感情をむき出した稽古ぶりだった。撥でぶつ、気に入らなければ手近にあるもの、湯呑だろうが、炭入れ、火箸、見台《けんだい》など、手当り次第に投げつけた。

流儀に関しても全く家元の独断を許さず、事々に口を出し、一人の名取り許しさえ家元の自由にさせなかった。

「なんぼなんでも、あれじゃ家元が気の毒だよ。だから女の小利口ぶったのほど手に負えないものはない。小糠三合もったら養子に行くな、とはよく言ったものだ」

という社中の人々の悪口は、三代目が歿《なくな》り、四代目が当主となった現在でも、相変らずなにかにつけてささやかれていた。

耳が遠くなってから、古登代の稽古は殆んど行われなくなっていた。家元の代稽古はいくらでも達者な内弟子がいたし、この御時世に昔風な古登代の稽古を望む者もなかった。達者な芸とは言っても、もともとが二代目の娘というだけのことでお世辞半分に立てられてきた三味線である。年齢《とし》をとれば勘もにぶくなろうし、腕もなまる。まして耳がきかなくなっては、「音の世界」だけに致命傷であった。芸の世界だけしか知らずに半生を過してきた人間が、その芸から捨てられたようなものである。しかも、血縁のない七十余歳の老婆であった。

古登代は隠居所として建てられた離れにひき籠ってまるで外へ出なくなった。終日、猫を相手に雑誌を眺めている他はなくなった眼は、殊更に家人の落度や欠点だけをほじくり出した。底意地の悪い小言が朝から晩まで習慣的に繰り返された。顔を洗う湯が、

「熱すぎる、年寄りに火傷をさせる気か」

に始って、

「飯の炊き方がこわい。こんなものを食わすから腹を病《や》むのだ」

そうかと思うと、

「私の歯は丈夫なのが自慢さ、その私に白菜漬を出さないのはどういう量見か伺いたいものだ」

「障子の桟に埃が浮いているよ。どうせ隠居所だから、あっちほど磨きたてなくとも結構さね」

そして終りには必ず、

「どうせ赤の他人なんだ。邪魔な婆ぁだぐらいに考えてるんだろう。腹の中じゃ早

く死ねよがしに思っているのさ。そうと知ったら意地でも百まで生きてやるわ」

と毒づき、

「養子の分際で生意気な、誰のおかげで四代目を継げたのか胸に手を当てて考えてみやあがれ、恩知らず奴が……」

と悪たれた。

それも流石に本人を前にしては言い難いのと、仙蔵が外出がちなため、相手にされるのはきまって女中と仙蔵の妻の世津子だった。

世津子は若い時分、一流の花柳界で「ひで香」と名乗って左褄をとっていた。それが家元の代稽古に通っていた内弟子時代の四代目といつか他見をはばかる仲になったのを、苦労人の三代目の粋な計いで夫婦にしてもらった。世津子は玄人あがりには珍しく温順な、気のつく嫁であった。にもかかわらず、古登代のいびり方はひどかった。

「ふん、勝手に乳くり合ったあげく、家元の奥様と立てられりゃあ、いい気なもんだよ。だから玄人衆はこわいねえ、惚れた、はれたも算盤ずくじゃないか……」

世津子は嫁に来て九カ月目に亮太郎を生んだ。月足らずの子と医師も言い、目方も少くて育つかと危まれた。そんな最中にも古登代は、

「さあね、売れっ妓《こ》のひで香さんの事だ。誰の子だか知れたもんじゃないやね」

とうそぶいた。

それでなくても気の立っている若い夫婦の心中を思いやって、まだ生きていた先代が、

「なにがなんでも、そういうことは口にするもんじゃない。世の中には冗談にして言ってよいことと悪い事がある。子供ではないのだから少し気をつけなさい」

とたしなめた。だが、それで素直に折れる古登代ではなかった。

「それじゃ伺いますが、お家元、あんたは二代目の娘の私とあの養子夫婦とどっちを重くごらんなさるんですか、秤にかけてどっちが重いとおっしゃるんです、返事によっては私も考えさしてもらいます」

と開き直った。

生れつき芯の弱い女性的な人柄である。妻との舌戦には所詮勝味がなかった。その場はとにかく古参の弟子達が仲に入って収めたが、それ以来、古登代の世津子に対する風当りは一段と強くなった。

産後の肥立ちが悪く病臥している世津子に、

「寝てる者が飯を食うと、消化《こな》れなくて体に悪いそうだ」

と定《き》めて食事を与えなかった。見かねて女中が釜底飯を結《むす》んでそっと世津子の枕許へ運ぶということも、一度や二度では済まなかった。しかも、

「自分の産んだ子の始末ぐらい、自分でするのが当り前だよ」

というわけで亮太郎の汚れた襁褓は全く女中に洗わせなかった。仕方なく世津子は病間の縁側へ盥《たらい》を運んで貰い、北風の吹きつける中で何枚もの汚れ物を洗濯した。

三代目仙蔵も、四代目も殆んど出稽古やら地方公演などで留守がちだったから、内弟子や女中たちは、

「あんまり酷い、若奥様がお気の毒だ」

と私語しても表向きにはどうする力もなく、

「糞ったれ婆め、今に見ろ」

「手前が石女《め》の産まず女だからって、思いやりがないにも程がある」

などと蔭で悪口を叩くのがせめてもの事だった。又タイル張りのその頃としては近代的な風呂場に毎日、湯をたかせながら、

「赤ん坊が入ると汚くて気持が悪い」

といって亮太郎の入浴を禁じ、もう行水には寒い季節だからと世津子が銭湯へ連れて行くと、

「家に湯がありながら、銭湯へ出かけるなんて、不経済な女があったもんだね」

と叱りとばした。

夜、亮太郎がむずがって泣けば、

「うるさいね、眠れないじゃないか」

と怒鳴りつけ、

「たった一人の子が育てられないんなら、田舎へ里子に出すがいい」

と極めつけた。栄養不足やら、気苦労やらで乳の出の少い世津子はむずがりがちな亮太郎を抱いて深夜の街を彷徨《さまよ》った。若い母親の子守唄はしばしば涙にとぎれがちで、亮太郎はなかなか寝つかなかった。

その亮太郎も十九歳、K大の文学部に籍を置きながら、お家芸でもすでに若師匠と呼ばれ、邦楽界のホープと嘱望されて、いずれ卒業と同時に五代目襲名の噂さえちらほらしている昨今であった。

亮太郎は誰よりも古登代を憎んだ。

「親父やお袋は人が好すぎるんだ。散々にいたぶられ、いびり抜かれていながら、たとえどうあろうと親は親だなんて昔気質もいい加減にしろといいたいよ。あんな鬼婆がなんだい、赤の他人じゃないか、追い出す事が出来ないんなら養老院へでも放り込んじまえ、顔を合わせないで済むだけでもせいせいすらあ」

という彼の脳裡には、雪の寒夜に泣きながら子守唄を歌ったという母親の悲しさがこびりついていた。勿論、赤ん坊の彼にそんな記憶がある筈もないが、物心つく頃から内弟子や古い女中達によって語られた思い出話は、いつかそうした実景を彼の網膜に浮き彫りにしたし、それでなくても年中見たり聞いたりを余儀なくさせる古登代の傲慢な言動に誰よりも激しく、容赦なく反撥した。

祖母に可愛がられなかった孫であろうと俺は生れながらに桂宗家の後継だという奇妙な優越感が、彼にはあった。事実、桂の家は初代以来、男児に恵まれず養子が代々で、いわば亮太郎は五代目に出来た一人っ子であり、宗家にとっては初めての男児という意味で、桂一門は亮太郎を秘蔵子扱いしたし、期待も大きかった。

戦後の十年で桂流は長唄界で並ぶもののないまでに発展を遂げた。社交上の手腕一つで今日の繁栄を築き上げた当主が、芸の上ではとかくの風評が絶えないのに対し、五代目こそは、と一門の誰もが望むのも決して無理ではなかった。

亮太郎は美声だった。加えて三味線もずば抜けてうまかった。

母親似で色が白く、眼鼻立ちがはっきりした美男子だから、花柳界ではもとより稽古所へ通ってくる素人娘でさえも亮太郎目当てのものが少くないという。中には

戦後派らしくかなり行動的な娘もあって、内弟子を顔負けさせることも屡々《しばしば》だが、

「若旦那は如才なくあしらっていらっしゃるが、芯は怖いほどしっかりしてお出でだから……」

という周囲の定評は今のところ狂いそうもなかった。そしてそれが亦、若い師匠の人気を煽った。

九時過ぎに漸く稽古が済んで、亮太郎が茶の間へ入ると、

「お疲れさまでございました。若旦那、お邪魔しております」

いまどき珍しいひっつめ髪の、黒っぽいお召に縞の羽織姿が丁寧に両手を突いた。

その羽織に見覚えがあった。

「おふくじゃないか、よく来たなあ」

「若旦那、お久しゅうございます。すっかり大きくおなり遊ばして……」

見上げる眼がもうじんわりと濡れている。

亮太郎が生れた年に女中に来て、小学校へ上るまでずっと世話をしてくれた。気のいい、涙もろいおふくは些細な事で古登代が世津子に、

「出て行け」

と衿を摑んで庭へ突き落した時、

「若奥様をお出しになるなら、私もお暇を頂きます」
と開き直り、さっさと荷物を作り出して古登代や内弟子たちを茫然とさせたとい
う逸話の持主であった。母よりは二つ三つ年上でしかなかったが、子供の時から奉
公暮しをして世間の風にも吹かれてきた彼女は、若い母にとって唯一の頼りになる
人だったと、亮太郎は聞かされている。十数年前に母の世話で関西の社中の所へ嫁
入りしてからも、何かにつけて上京して来たし、亮太郎も関西公演などの折には必
ず彼女の家へ厄介になった。
「おふくさんね、御親類の法事で出て来なすったんですって……。上のお子さんは
もう中学校なんですってよ」
新茶の香の漂う湯呑を亮太郎の前へ置いて母の世津子が取り次いだ。
「何と申しましてもねえ、若旦那がもう大学なんですもの、うちらが年をとるのも
当り前や」
終りを京訛りで言っておふくは眼を細めたが、ふと、
「それにしても御隠居はん、えろうお達者どすなあ」
皮肉に口許をゆがめて、
「ほんまなら、こんな御挨拶はあらしまへんが、さんざ若奥様やお家元の苦労なす

ったのを見て来ましたよって、おべんちゃらにも、お元気で結構やなどと言われしまへん」

「おふくさん……」

たしなめがちな世津子の声に、

「かめしまへん」

と手を振って、

「御門弟衆かて御隠居はん亡くなったらお赤飯たきまひょう言うてはる人がありますがな。おふくかてブラボー言ったりますす」

真顔で笑った。

「へえ、おふく、英語習ってるのかい」

遅い食事が運ばれてくるのを眺めながら、亮太郎が茶化した。

「そりゃねえ、この間も家元と愚痴をこぼしたんだけど、私達の若い時代なんてあんたも知ってる通り、みじめなものだったでしょう。せめて亮さんも一人前になった今、たまには温泉にでも行きたいと思っても、大師匠があゝしてお出でじゃ、そうも行かないし、何時《いつ》になったら楽が出来るのかしらと考えることもあるのよ」

しんみりと世津子がいう。

「ほんまどすなあ、さんざん思い通りなことしはったよって、もうこの世になんの未練もあらへんやろに、なんでいつまでもしねしねと生きてはるのか……。ほんまにあほらし」

四十を過ぎても、ひで香時代の色香がほんのりと匂いこぼれるような世津子の美しい横顔を痛々しく眺めて、おふくは我が事のように口唇をとがらせる。

「だから僕が言うんだ。あんな婆に気を使うことなんかない。行きたけりゃ温泉へでもどこへでもどんどん出かけろ。気がねすることはないってさ」

「そりゃ、亮さんはそう言ってくれるけどやっぱり母さんの立場になってみれば、そうも行きませんよね、おふくさん」

弱々しく世津子はおふくを見る。

「ほんまになあ、そいで大師匠はん、まだ近頃もごちゃごちゃ言わはりますのんか」

「そうなの、相変らずよ」

世津子が眉をひそめてうなずいた時、茶の間の外でコトンと物の落ちる音がした。

「だれ？」

返事はなかった。

亮太郎はついと立ち上って障子をさらりと開けた。

ひっそりした小暗い廊下を、牛のように鈍重な人影が手洗場の方へ消えた。

「どうしたの、亮さん」

母の声に、亮太郎はふんと鼻を鳴らして後手に障子を閉めた。

「聾のくせに立ち聞きしやがった」

吐き出すような亮太郎に、

「まあ、大師匠が……」

世津子とおふくは真青になった。

「馬鹿だな、金っ聾だもの、聞える筈がないじゃないか」

亮太郎に笑われて、女二人はああ、と人心地がついた。

「でも、どうして聞えもしないのに立ち聞きなんてねえ」

おふくが昔の調子で訊いた。

「習慣だよ。若い頃から立ち聞きの名人だったそうじゃないか」

言いさして、亮太郎はさりげなく立ち上った。

手洗場から戻ってくる古登代の足音が、茶の間の外を二、三間通りすぎた時、亮太郎は音もなく廊下へすべり出ると力まかせに障子をぴしゃりと閉《た》て切った。

夜の静寂《しじま》に、手荒な音は思いの他に大きかった。にもかかわらず古登代の足どりには瞬間的な変化さえ見られなかった。

無論、ふり返りもせずことことと隠居所へ消えて行く後姿は、音を知らぬ者の滑稽ささえ感じられた。

翌日の夜行で下阪するおふくが、

「久しぶりに若旦那の舞台を拝見さしてもろうて……」

というので、ちょうど約束のあった東横ホールの日舞温習会へ、亮太郎は彼女を伴れて行った。

会主は山の手に有力な地盤のある花荻流の古参師匠で、亮太郎の父とは別懇の間柄でもあり、温習会には必ず桂一門の長唄が、常磐津、清元連中に交って地方《じかた》をつとめるのがならわしだった。

こうした踊りの会の地方では、大抵、父のワキか、三枚目についていた亮太郎に、今年は立方の方から特にタテをという希望があった。名指してきたのは、昨年、名取りになったばかりの「花荻みつる」という娘で、父親は証券会社の重役だが、母親が亮太郎の母の世津子と同じ花柳界の出であるため、そんな縁故で長唄の稽古にも通ってきていた。

だから、亮太郎が楽屋入りをすると、すぐに美しく粧った彼女が、

「若先生、今日はよろしくお願い致します」

と華やかに声をかけるのを見て、

「ほら、彼女《あれ》が……」

「へえ、なるほどね」

などと目まぜする者も多かった。

会がはねたのは十時を少しばかり廻っていた。その足で亮太郎はおふくを送って東京駅へタクシーをとばした。

「ねえ、どうだった。僕の鷺……？」

ネオンの明滅する巷をのぞきながら訊く亮太郎の横顔へ、おふくは頼もしげに眼を細めた。

「結構どした、いえ、べんちゃらでいうのやおへん。声もよく伸びてはったし、この前よりずんと艶《つや》が出てはりました。出の〝妄執の雲晴れやらぬ朧夜〟の所、ようおしたなあ」

「恋に心も……のとこ、オーバーすぎやしなかったかい」

「そんなことあらへん、踊り地やさかい、あの位、派手にならんと変りばえしまへ

んよって……」

「ふん」

亮太郎はちらっと、おふくを見てすぐ眼を逸らした。

「近頃は親父もなにも言わないし、僕の芸について真面目に苦いこと言ってくれるのは誰もないいんだ。歯の浮くようなお世辞ばかし聞いてるとだんだん馬鹿になるようだよ」

それは本音だった。

「そやかて仕方おへん、若旦那の立場いうもんのせいどすよって、それで天狗さんにならはったら、若旦那の負けどすねん」

おふくは昔の癖でつけつけ言ってしまってから、ふと語調を変えた。

「若旦那、えらい親孝行どすなあ、奥様が言うてはりましたえ」

「おふくろがなんだって……？」

「しらばくれてもあきまへん、若旦那は出演料やら御祝儀やら、まとめておいては真珠の指輪やら、ハンドバッグやら奥様にプレゼントしやはるそうどすな、亮さんがやさしいよって幸せや、言うてはりましたよ」

おふくにさし覗かれて、亮太郎は当惑したような表情になった。

「別に親孝行なんてキザなもんじゃないのさ。ただねえ、なんていうのかな、おふくろが嫁いびりされ通し、いじめ抜かれてきた今日までの日を、子供の時から眼に見、耳に聞いて育ってきたせいなんだろうな、おふくろの喜ぶ顔を見る、おふくろになにかしてやりたい、そういう気持は人一倍強いんだよ。親孝行なんて世間並な道徳観じゃないんだ。無意識の中におふくろをかばう姿勢になってるんだ。生れながらの習慣みたいなもんさ」

「わかります、よう、わかりまっせ」

おふくの眼もうるんでいた。

「ほんまに大師匠いうたら、鬼みたいなお人やもんな、世の中いうもんは儘にならんな、惜しいお人は早う死にはって、死んだらええもんが長生きしはる……」

「おふく、止めなよ」

ぼそりと老けた声で亮太郎は遮った。

タクシーを下りてホームへ歩きながらも、亮太郎の口から長唄以外の話は出なかった。

その若々しい口調に幾度もうなずきつつ、おふくは今日の会場で何度も耳にした、亮太郎ファンらしい若い娘の会話を思い浮べた。

家元の一人息子という位置に、秀れた容貌、将来性のある芸と三拍子揃った亮太郎であってみれば、周囲がちやほやするのは当然だし、そういうものに溺れやすい年頃でもあるのに、彼の脳裡には芸に対する真剣さだけしかないらしいことが、おふくには好ましかった。それでも、お節介な年齢《とし》がいよいよ発車という間際に、

「若旦那、今日の鷺娘を踊らはった嬢はん、若旦那に気があるのと違いまっか」

と冗談めかして尋ねずにはおられなかった。

「くだらないねえ」

亮太郎は流石にてれて笑いながら、

「おふくも案外な苦労性だね、考えてもごらんよ、僕はまだ二十にならないんだぜ」

「そやかって、よい方がお出でやしたら、よろしいやおへんか、お話だけでもお決めはったら……」

「だめだよ」

亮太郎は刃物で断《た》ち切るように、ばさりと言った。

「あの聾の大師匠が生きてる限り、嫁のきてなんぞあるもんか……」

おふくの乗った汽車を見送って、亮太郎が四谷の家の格子を開けると、

「あ、若師匠、お帰りなさいまし」

おろおろと取り乱した女中の声と、

「や、帰られたね」

顔見知りの近くの外科医が、たたきで靴を履きながら振り向いた。

「中田先生じゃありませんか、なにか家の者が……」

どうかしたんでしょうか、と眉をひそめる亮太郎に、

「いや、たいしたことではないから……。ま、おやすみ」

医者は手をふって帰って行った。

「どうしたんだい、え？」

小さい女中は口をパクパクさせた。

「お、奥さまが……やけどを……」

「おふくろが……？」

奥の六畳に世津子は仰臥していた。

顔半面に巻かれた繃帯《ほうたい》が、いきなり亮太郎の眼にとび込んできた。

「なんで……こんな？」

噛みつくような亮太郎へ、枕許に坐っていた仙蔵が沈痛な顔を向けた。その顔色で、

(過失ではない)

直感的に亮太郎は信じた。

「亮、静かにしなさい、たいしたことはないそうだが、気が昂ぶっているので中田先生が鎮静剤をうって下すったところだよ」

仙蔵の声は落着いているようで、ひどく暗かった。亮太郎はその父の声に例の卑屈さを読みとった。事を荒立てまいとする努力というよりも、おどおどと事件を包みかくそうとする哀れっぽさが、血色の悪い小柄な全身に漂っていた。

桂流の家元として押しも押されもせぬ父がどういう場合にそんな臆病な内弟子根性に還るかを、亮太郎は知っていた。

彼はそっと立ち上ると再び廊下へ出た。茶の間に入ると、ひそひそと顔を寄せ合っていた内弟子たちが、ばつが悪そうに亮太郎を迎えた。

「どうしたというんだ？」

亮太郎は立ったまま内弟子達を睨みつけた。

「原因《わけ》を言えよ」

内弟子は寒々とした顔を見合わせて、すぐにうなだれた。

「おふくろはどうして火傷なんかしたんだ」

しんとした部屋の空気がよけいに亮太郎の神経を苛立たせた。家中が牡蠣のように押しだまって原因を語らないということがすでに亮太郎に真相を想像させた。

「言いたくなけりゃ、俺が言おう。おふくろに火傷させたのは、離れの大師匠だ」

「若旦那ッ」

内弟子の声は悲鳴に近かった。

「何故、なんだって火傷なんぞさせられたんだ。なんの落度があって、鬼婆ぁの奴あ……」

切れ長な眼がつるし上っていた。

「お前ら、あの鬼婆ぁを庇《かば》う気か」

「と、とんでもない、若旦那」

あたふたと一人が叫んだ。仙次郎という内弟子では一番年かさの男だ。

「ですが、本当に理由《わけ》がわからないんです。ただ、奥様が夜食を離れへ運んでいらしったら、いきなり大師匠がぐらぐら煮立ってる鉄瓶をぶっつけなすったってことだけなんです。私共がとんで行きました時、奥様は障子ぎわに倒れてお出でなさり、大師匠は……」

「鬼婆ぁは……どうしてたんだよ」

仙次郎はぶるっと小刻みに首をゆすった。

「若旦那、それが……大師匠は部屋の真中に突立って、大きな声で笑ってるんです。その気味の悪かったのなんのって……。私はてっきり大師匠は気が変になってしまったんじゃないかと……」

仙次郎は慌てて口をつぐんだ。

「あっ、若旦那、どちらへいらっしゃるんです……」

廊下ですれ違った女中の絶叫を背に聞き流して亮太郎は離れへ走った。日頃、近寄りもしない隠居所の襖を引っぺがすと、

「大師匠ッ」

お祖母さん、とは口が裂けても呼べなかった。

「だれだい」

厚ぼったい夜着にぬくぬくと横たわったまま、しゃがれた返事が冷たく返ってきた。

怒鳴るまいと思っても、古登代の耳には叫ぶような大声を出さねば聞えない。亮

太郎は強いて感情を押し殺した。

「大師匠は何故、母をあんな酷い目に合わしたのか、その理由《わけ》を訊きに来たんです」

聞えないのか、古登代の皺だらけの顔は微動だにしない。まじまじと亮太郎の眼を見ているのだ。水のような相手の態度が、むらむらと激しい憤りを湧かせ、亮太郎は古登代の身体にのしかかるようにして怒鳴った。

「なんの落度があって母を折檻なさったかわけを言いなさい。それによっては考えがあるんだ」

「ご大層なことをお言いだね、鉄瓶をぶっつけるにゃそれ相応のわけがある、気違いじゃあるまいし、ただで煮湯を浴びせるもんかね」

亮太郎の蒼白な頬がびりりと痙攣《けいれん》した。

「そのわけは……わけはなんです」

「言わないよ」

古登代の頬に嘲りが浮いた。

「あたしゃ寝るんだからね、帰っとくれよ。なんだいその顔は……。私ぁね、お前さんの歴としたお祖母さんなんだよ。なんだね、人の寝てる所へふん込んできやがって、近頃の大学じゃ礼儀作法ってもんは教えないのかい。もっとも親が親だから……」

はっと気がついて古登代が跳ね起きる、亮太郎の手がその衿を摑むのが同時だった。

刹那、猛烈な平手打ちが古登代の横面へ思い切った音を立てた。

「何すんだい、年寄に向って、はなせ」

喚く声を追って、一つ、二つ小気味のよい音が走ったが、

「亮、お前なんてことをするんだ」

駈け込んできた仙蔵が亮太郎を引き倒し、どやどやとついてきた内弟子が背後からしっかりと抱き止めた。

「馬鹿っ、はなせったら、鬼婆ぁ、なぐり殺してやる」

理性を放り出した亮太郎の叫びに、紫色に腫れ上った両頰を押えた古登代は、

「殺せ、殺してみろ、さあ殺せ」

金切り声で怒鳴り返した。

正午《ひる》すぎまで布団の中に居て、亮太郎は、のっそりと起きた。

視線を避けがちな女中や内弟子の間を通って顔を洗い、台所の棚から牛乳壜を鷲摑みにすると逃げるように母の病間へ入った。

若葉洩れの日射しが母の枕許に散りこぼれて、その反射のせいか、ふり向いた繃帯の顔がひどく蒼かった。

「亮さん……」

細い透《す》き通るような声が、

「堪忍してね、母さんの為に亮さんまでが……」

語尾が濡れて消えた。

その母を背にして、亮太郎は黙々と牛乳をラッパ飲みし、大きくのびをした。広い肩幅と、軒につかえそうな長身とが、母親の感傷的な台詞に体中で反抗したがったが、感情がたわいもなく溺れていた。

息子に甘えながら縋《すが》っている母親のポーズが頭の中でカチンと来ている。だが、無意識に亮太郎はそれをはねのけた。

「母さんが悪いわけじゃない」

母親の望んでいた返事だった。

「亮さん、ほんとに母さんは何もした覚えはないのよ。いつものようにお夜食を持って離れへ行って、襖をあけたとたんに鉄瓶がとんできて……。なにもお怒りを受けるようなことはない筈だのに……」

息子のたくましい背中へ、世津子は少女のようにあどけない口調で訴えた。

「母さんに悪いことなんかあるもんか、いつだってそうじゃないか、気違い犬が吠えるのに理由があってたまるもんか……」

庭木立を眺めたまま、そう言って亮太郎は苦笑した。

昨夜の激しい口論、感情に負けて義理にも祖母に当る人をなぐりつけたという自分の行為に、亮太郎は救いようのない自己嫌悪を感じていた。体を泥濘にぶち込んでしまいたいような情なさを、本能的に母親にすがりつこうとしてこの部屋へきた自分が、逆にその母から甘えられ、母を慰める立場になっている。

(いつも、こうなんだな)

さりげなく仰いだ空は馬鹿馬鹿しい程、晴れ渡っていた。

「親父は出かけたんですか」

「放送の打合せですって、十時に迎えがきて……」

渡りに舟と出て行った父の姿がすぐ浮んだ。今夜の帰宅は遅いだろう。その方が亮太郎にも有難かった。圧しつぶされそうな家の空気の中で、怯えたような父親の態度を見るのはたまらない。

「亮さん、学校は？」

「さぼっちまった」

「月曜は大切な授業があるんでしょう」

「いいさ、一回ぐらい……」

だが、それでなくともシーズンで温習会が多く欠席がちな五、六月だった。母と子は知らず知らずの中に相手の心を気遣っているのだ。亮太郎はやり切れなくなった。しかし、今更この部屋を出た所で安息所のあろう筈もない。

「紅茶でも入れようか」

亮太郎がぼそっと立ち上った時である。静まりかえっていた廊下にけたたましい声と足音が乱れた。

「どうした」

離れへ続く廊下口で、女中を摑まえた。

「あっ、若師匠、大師匠が、首をくくって死ぬとおっしゃって……」

恐怖に引っつれた口唇の中で、がちがちと歯が音をたてた。亮太郎は無言で大股に離れへ歩いた。入口でひしめいている内弟子達の肩をぐいと引き、

「あっちへ行ってろ」

顎をしゃくって、

「俺がいいというまで誰も来るな」

「だって、若旦那」

「いいから向うへ行くんだ」

低く落着いてはいるが、語気は荒かった。案じ顔でぞろぞろと母屋へ戻って行く連中を見送って亮太郎は、

(機会《チャンス》だ)

と思った。母は寝ている。父は不在。

離れの入口を後手に閉めて鍵を下すと、亮太郎はつかつかと部屋へ進んだ。梁へ扱《しご》きをかけていた古登代が、ちらとふりむいた。その眼にも、こなしにも「死」を賭けた緊張はなかった。威嚇《おどし》である。

古登代はおそらく亮太郎が登校していると思ったに違いない。目的は世津子であった。狂言自殺で女中たちを威嚇し、世津子が病床から起き出してくるのを狙ったのだ。

が、入ってきたのは最も苦が手の亮太郎だった。古登代の顔に狼狽の色が浮くの

を見ると、亮太郎は不敵に笑って敷居ぎわにどかりと坐った。

「どうせ、あたしゃ、ここの家には要らない人間さ、邪魔な婆なんだ。そんなに邪魔なら……」

ヒステリックに叫んで古登代は、亮太郎の眼を見て絶句した。その澄んだ切れ長の眼には懼《おそ》れも怯《ひる》みもなかった。感情を消し、表情を無くした眼の底にはかすかな妥協さえも残っていなかった。

戸惑いが古登代の舌鋒を鈍らせた。

夫の先代仙蔵にしても、養子夫婦は勿論、多くの門弟連中にも「死ぬ」という古登代の言葉と所作は、最後の切り札みたいなものだった。それが芝居とは知っていても、すがりつき、懇願し、哀訴し、許しを求めるのが定法だった。それで古登代の意志が貫かれ、我儘が大手をふって通過した。

だが今日の相手は毅《つよ》かった。冷酷な眼差は仮に古登代が梁からぶら下って断末魔の呻きをあげても、なんの感動も恐怖も示さぬかに見えた。

古登代の背筋を戦慄が走った。なまじ猿芝居めいているだけにひどく間《ま》が悪かった。

亮太郎はけろっとした顔で、扱《しご》きを、踏台を、古登代の頸《くび》を眺めているのだ。

めりっと、音を立てて、古登代は梁にかけた扱きを引きちぎった。

「馬鹿におしでないよ」

破れた扱きを丸めて投げ出しながら、古登代は怨みの籠った眼で亮太郎を瞶《みつ》めた。

「お前さんにゃ、負けたよ。くそいまいましい。これで一生、お前に頭が上らないよ」

歯切れのよい甲高さが口汚く、叩きつけるように言い捨てて古登代は奥に入りかけた姿勢をくるりとねじ曲げた。

「だがね、あたしゃ、お前さんに一つだけ仕返ししてやるよ。本当の勝負はそんときのことさ。その日を楽しみにせいぜい長生きしてやるよ」

皺だらけな口許で、丈夫が自慢の白い歯がにっとゆがんだ。

（ふん、曳かれ者の小唄さ）

呟いて亮太郎は祖母の捨て台詞に、にやりと笑った。

わけがわからぬ中に騒動はけりがついた。

世津子の火傷も思ったより軽く、庭一杯に百日紅《さるすべり》が赤い花をつける頃には殆んど痕跡もないまでになった。

そんな或る日、先代の門弟で下町にかなりな地盤を持っている桂以久代という女師匠が中元の挨拶に顔を出した。この人は年齢も古登代といくつも違わず、未亡人という境遇の類似もあって、来れば終日、隠居所に伺候して古登代の愚痴に相槌を打つのが例だった。それでいて全くの古登代贔屓《びいき》というわけでもなく、

「大師匠にも困ったものでございますね、あれじゃ御家元も苦労が絶えますまい」

と世津子に言ったりした。

その以久代が九時すぎまで隠居所にいて、ちょうど歌舞伎の舞台から帰ってきた仙蔵と亮太郎に挨拶しがてら茶の間へ来ると、

「若旦那、いけませんよ。なにがあろうと一つ家に住んで、まるっきり口もきかないというんじゃ、大師匠だってたまりますまい」

とたしなめた。

「そりゃ若旦那にも言い分はおありだろうけれど、敵同士じゃないんだから廊下ですれ違ってもそっぽを向いてなさるようでは、家の者だって気が気じゃおあんなさるまい。こんな風じゃ大師匠にも、若師匠にもよくないし、いっそ、御家元、若師匠を今度の旅へお連れなすったら……。大学の方も休みなんでござんしょう」

という苦労人めいた彼女のお節介に、まず仙蔵が賛成して、亮太郎は八月、大歌

舞伎の錚々《そうそう》たる顔ぶれを揃えて計画された北海道舞踊公演に地方《じかた》として同行することになった。

北海道は北の芸所といわれるだけあって、観客の眼も耳も厳しかった。しかし、亮太郎の美声と繊細な節《ふし》まわしはここでも好評を博した。

おおらかで美しい北海道の夏は、重苦しい家の雰囲気に押しつぶされそうだった亮太郎の心を伸々と解放してくれるだけの要素があった。にもかかわらず、亮太郎の脳裡には「東京の家」がつきまとった。

留守中を幸いに、古登代が母をいびりぬくのではないかという懸念は出発の時から亮太郎の頭によどんで去らなかった。母も十九や二十ではなし、内弟子たちもいることだと思い直す傍《そば》から、血まみれになった母の顔が連想されて亮太郎は身ぶるいした。そんな自分の異常神経を、時代ばなれのした途方もない妄想と嘲笑する一方、煮湯をぶっかけるような古登代の狂態が思い出されて、不安が亦、浮んだ。

そうした俗念が亮太郎の心を離れるのは、舞台に坐って見台にむかう一刻だった。芸だけが亮太郎に已《おの》れを感じさせた。

一日の公演が済むと大抵、後援者たちの招待があった。その華美な宴席で若い芸者や地元の門下生に囲まれて上機嫌な父が亮太郎にはしみじみと羨しかった。

肥満した身体と温和な容貌に家元の貫禄を背負った父の笑顔のどこにも卑屈の翳は微塵もなく、義母一人をもてあます彼の弱気は影をひそめて見せなかった。夫である父が忘れることの出来る妻を、その父の子が神経を針のようにとぎすまして思いわずらわねばならない。そんな必要がどこにあるとせせら笑ってみる中にも、白く細い母の項《うなじ》が目に浮んで亮太郎はどきりとした。

「どうした、亮さん、元気がないね」

宿の廊下に立ってぼんやりと植込みの闇を眺めていた亮太郎の肩を叩いたのは、若手歌舞伎で将来を属目されている中村菊四郎だった。女形を得意としたが、女形一点ばりの父親と違って立役もこなしたし、所作にも定評があった。亮太郎とは高校まで同級であった関係からも、芸界仲間という以上に親しい相手でもあった。

「暇なら出かけないか、山小屋風のちょいとしたバアをみつけたんだよ」

誘われて、若さがすぐに応じた。

旅の空の、それも日本の北の果という僅かな異国気分が、着いた日から若い好奇心をそそっていたにもかかわらず、せわしない日程がつい彼らの自由を阻んでいたのだ。

ごつい感じの木の扉を菊四郎の肩が重く押すと薄暗いスタンドの奥に若い女の顔

が二つ、三つ、媚をふくんで見えた。先客は二人、いずれも土地の馴染だろう、バーテンと声高に喋りながらビールの泡をのんびりと嚙んでいた。

「さ、亮さん」

うながされて、亮太郎は腰を下した。

「サントリーの角、ああ、ストレートでいいんだよ。亮さんはハイボールにするか」

「ああ」

グラスが運ばれる間に、亮太郎は狭い店の中をゆっくり見渡した。近頃流行《はやり》の丸木造りというのか、太い黒っぽい荒けずりなままの丸太を組立てた西部劇にでも出てきそうな内部の造作は、東京でも喫茶店などに見受けられるものだが、飾り棚の木彫りの熊やアイヌ人形が、抵抗を感じさせず野趣めいて見えるのも土地柄だろう。

「こちら、東京の方でしょう」

スタンドの中から丸顔の女の子が笑いかけた。エキゾチックな服装をしているものの、どこにでもある平凡な顔に、どぎつい眼の化粧が不調和だった。むっつりと押し黙っている亮太郎には取りつく島もないと見たか、菊四郎相手にたわいもないやりとりを虚々《そらぞら》しい口調で応酬していたが、すぐ馴染客の方へ去《い》ってしまった。

「どうしたんだい、本当にさ、まるっきりうすれてるじゃないかよ、好きな女の子でも東京に残してるのかい」

自分で煙草の火を点けながら、含み声で菊四郎は二重の艶な眼を向けた。

「好きな女の子……？」

うふっと亮太郎は声に出して苦笑した。

「菊ちゃんじゃあるまいし……。そんなのがありゃあねえ」

「どうだかな、飽きも飽かれもせぬ仲を割《さ》かれてはるばる都落ちという恰好だよ」

ふと、亮太郎は鼻で笑った。

「そう言えば、想う女《ひと》がないわけじゃないんだけどさ」

「そらみろ、問うにゃ及ぶじゃねえか、え、白状しろよ、例の花荻流のお名取りさんかい？」

「図星といいたいが、とんとお門違いさ」

「じゃ誰さ、稽古に来てる女かい？」

亮太郎は天井を眺めて首だけ振った。レコードがすり切れた音でふるえている。

「もったいぶるなよ、え、誰さ、粋筋か……？」

熱心な菊四郎の声に、亮太郎はぶすっと答えた。

「おふくろだよ」

「え？」

「俺が想ってるのは俺のおふくろさ。他に心配してやるような義理のある女は残念ながら一人もいないよ、全くの話……」

馬鹿にするなといいかけて、菊四郎は亮太郎の眼の暗さに絶句した。冗談のようで笑って済まされない真実感が亮太郎の顔にあった。

「そういえば亮さんはおふくろさんにべた惚れだっけな」

取ってつけたように笑って、菊四郎は前から噂に聞いていた亮太郎の家庭の複雑さを思い出した。

「又、お祖母さんとまずいのかい？」

亮太郎は無表情にグラスを取り上げるだけだ。

「でもさ、いいんだよ。君んとこは義理の間柄だろ。ちょっとドライに割切ればどういう始末もつけられるさ、俺んとこなんか、なまじ本当の親子だもの、切ろうたって切れやしない、いやなもんだぜ、血の続いてるってことも……」

「そうだろうね」

素直に、だが曖昧に亮太郎はうなずいた。

何故か、ふっとあの晩の古登代の顔が思い出された。それをたのしみにせいぜい長生きしてやるよ）
（たった一つ、お前をあっと言わせることがある。それをたのしみにせいぜい長生きしてやるよ）

憎々し気にせせら笑った古登代の声が、忘れていた耳の底に不意に甦った。

（たった一つ、とはなんのことだろう？　俺に仕返しすることとは……？）

あの時、気にも止めなかった捨て台詞が急に亮太郎の胸へ汚点《しみ》のように広がり出した。

「帰ろうか、菊ちゃん」

夏だというのに衿元がそそけ立つようで、亮太郎はそそくさと立ち上っていた。

外は明るい街の灯だった。北海道特有の風変りな土産物の店も、亮太郎の眼には入らなかった。大股にぐんぐん歩く彼の後から菊四郎は小走りに追いついた。

「まあさ、そう神経を立てるなよ。秋の桂風会《けいふうかい》じゃ〝仙三郎〟を襲名するんだろう。あんまり気を使うと芸にもひびくんじゃないか」

友人らしい慰めに亮太郎は肯定の眼を伏せたが、心は上の空だった。

公演日程が終るのを待ちかねて、亮太郎は単身、飛行機で帰京した。

だが、帰ってみると案に相違して留守中はなんの異変もなかったという。いそい

そと出迎えた母も、

「おかげさまでね。大師匠はとっても御機嫌がいいの。気味が悪いくらいお小言もなかったのよ」

と笑顔を見せた。

「それはよかった。やっぱり亮太郎の実力行使が効いたのかな」

と二日ばかり遅れて帰宅した仙蔵は磊落《らいらく》に言ったが、亮太郎は不快な顔で黙っていた。心のどこかにひっかかるものが失せなかった。

しかし、桂家の平穏はそのまま秋へ持ち越された。九月に入って古登代は季節はずれの風邪をひいて以来、ずっと病床にあったが以前のような我儘も少く家人への当りも強くなかった。かかりつけの医者も、

「神武以来の出来事だね」

と冗談をとばす程の古登代の状態だった。

十一月二十五日に歌舞伎座で催される桂風会は、例年の如く全国の桂流の名取りが上京して競演する派手なものだったが、今年は殊に亮太郎が父仙蔵の前名であった仙三郎を襲名することになっているので、桂家はよけいにごったがえしていた。

歌舞伎、映画などの人気俳優や日舞の各流の家元などの賛助出演もあって多彩なプログラムの編成も容易でなかったし、襲名のための配り物や挨拶廻りが大変な苦労だった。加えて亮太郎には当日発表する新形式の長唄の作曲があったし、それには音階を豊富にするために考案した新しい三味線を使用するので、出演者にその練習もさせねばならなかった。亮太郎はこの新作で、邦楽器によるシンフォニーの編成を意図し、その他に男女混声による長唄も計画した。今までの邦楽にないダイナミックなものを創り出して長唄の分野を拡げたいという亮太郎の抱負は、早くから新聞や雑誌に書きたてられ、前評判が高いだけに亮太郎も必死だった。

その新作発表以外にも、当日は殆んどの一般の温習番組に出演を余儀なくされていた。出演者への義理という昔からの習慣が若い会主の必要以上な奉仕を当然のことにした。

誰の「吉原雀」のタテ三味線を弾くなら某の演し物にも顔を出さないと不公平だからという、ひどく単純な理由で、当日は朝の十一時から夜の十時まで二十何曲もの番組に、亮太郎は十九曲まで付き合わされることになっていた。それでも、

「すごい重労働じゃないか、自分の作品を発表するってのになあ、芸界ってのはそんな無情なもんかい」

と真顔で驚いたのは、邦楽には門外漢の大学友達ぐらいのもので、内輪の者は、

「大変ですね」

と口先では言っても、襲名という行事から言えば当然の事として、酷使と思う風もなかった。

準備に忙殺され、人の出入りの姦《かしま》しい連日が続き、離れにひっそりと寝ている古登代のことは完全に人々から置き忘れられていた。亮太郎でさえ、もう古登代の言葉や表情を気に病む暇がなくなっていた。

医者が重々しい口調で古登代の病名を発表したのは十月も末近く桂風会の当日まで一カ月余りを残すという時だった。

「肝硬変」

というその病名には、

「お気の毒ですが、この病気には今のところ、治療法といっても、せいぜい食餌療法程度しか……」

という医師の沈痛な宣告を桂家の人々は各々複雑な表情で聞いた。

流石に顔色に出す者もなかったが、ほっとしたような気持は誰の胸にもあった。

医師が帰ってしまうと、まず家元の仙蔵が、

「まあ、これで一段落というところかな」

と苦笑したのをきっかけに、

「そう申してはなんですが、大師匠もお年齢《とし》ですし、したい三昧なすって来られたことですから、もう何もお思い残しなこともございますまい」

「桂のお家の癌がどうやら除《と》れそうですかな」

と冗談めかして本音を洩らす者も少くなかった。まして陰へ廻れば、

「業つくばりがようやく片付くそうですねえ。おかげでといっちゃあ申しわけないかも知れないが、家元や奥様にもこれで苦労の種が消えますよ。若師匠にも結構なことじゃあありませんか」

「死んで花実が咲くものかとは言うけれども、大師匠のは死んで花実を咲かせる奴さ」

ひそひそと喜び合った。

「それにしても口だけは達者なもんだね。身体がきかなくたって結構にくまれ口をきくそうだ。どんな悪人でもあの世へ行く間際にゃあ仏様のようになるもんだが、大師匠ってのは根っからの悪婆だね」

というように古登代の身体は日一日と衰弱して行ったが、それと反比例して小言

の数は急に増えた。大抵が食物に関する悪態に始って、茶碗を投げつけたり、食膳をひっくり返したりという騒ぎが四カ月ぶりでまた始った。そして、亮太郎の発表会の二十五日は複雑な忙しさの中にぐんぐん近づいてきた。

「嫌だねえ、桂風会の前に大師匠の葬式を出すような事になると大変だがね」

朝夕二回往診する医者が帰って後、仙蔵が桂風会の打ち合せに集っている名取り連中に不快な顔を見せた。

「そんなにお悪いので……？」

と眉をひそめる人々の後から、亮太郎は黙然と父を見た。

「亮の披露会というめでたい日を控えて、全く縁起でもない、馬鹿な話だ」

吐き捨てるような仙蔵の語気に、

「本当にどこまで祟るというのか、いい加減くさりますよ」

「折角の桂風会だと申しますのに、困ったことで……」

異口同音に門弟達も応じた。

〝業の深いお人だ〟という気持は〝最後まで厄介な大師匠〟に反感を強くし、次の間で死病に呻吟する老婆へのいたわりなど浮びようがなかった。

加えて古登代が発病以来、全くの金聾になってしまったことが、長年彼女によって大なり小なり痛めつけられた人々に、せめてもの腹いせのような気で、わざと声高に悪口を叩かせた。

亮太郎は終始だまっていた。

以前は誰よりも大っぴらに古登代へ悪態をついた彼だったが、そして現在も亦、誰よりも古登代を憎悪している彼であったが、聞えよがしの悪口を、相手が聞えないと知って大声にわめき立て日頃の鬱憤ばらしをしたり、家元夫婦の心証をよくしておこうなどという見えすいた門弟達の態度が苦々しかったし、そんな者達と一緒になって漸く義理の母に対して不快な表情をあからさまに見せ出した父にもよい気持がしなかった。

しかも、それにも増して亮太郎は桂風会までのおのれを大事にしたかった。

雑事に巻き込まれまい、エゴイズムに徹しよう、桂風会は俺の会なのだ、という自覚が亮太郎を一層無口にし家庭内の出来事には傍観者の位置を守らせた。

それが亦、古登代の眼には冷酷な孫として映ったに違いない。無視されるという怒りと屈辱に古登代は夜着の袖を嚙みさいて焦《じ》れた。

亮太郎にとっては文字通り三面六臂の数日が過ぎて、どうやら準備が整ったのは、桂風会の当日を明日に控えた二十四日の夜半だった。

「お疲れさま」

玄関へ出迎えた母の後から、

「お帰りやす」

おふくの顔がのぞいた。

「やあ、出て来たね」

微笑して応じたものの、泥のように疲れ切っている亮太郎の神経に、すぐ家の中のただならぬ気配がぴんと来た。無言で母を見るとかすかにうなずいて眼を伏せる。

「ほんまに間の悪い。かめしまへん。若旦那には明日という日がありますよって。大師匠なんぞどうでもよろし、早うお湯あびて寝《やす》んでおくれやす」

傍若無人に言ったのは、おふくだった。亮太郎はちらとおふくの顔を見た。常識では言えぬことを言ってのけたおふくの柔和な眼は廊下の暗がりできらきらと異様に光っていた。その眼の中に亮太郎はおふくの怒りを見た。

亮太郎が己れの芸のすべてを世に問うという、いわば生涯の出発を賭けた明日の桂風会である。

成功して、世評は当然と見る。

万一、疲れから当日の亮太郎の芸に破綻があったら、衰えが見えたら、冷酷な芸の世界は容赦なく亮太郎を打ちのめし、嘲笑を浴びせるに違いなかった。出足の批評が生涯の芸を大きく左右するこの世界の、その出発に当ろうという襲名の会を明日にして、宿命というにはあまりに不幸な古登代の危篤であったのだ。

死の直前まで亮太郎の一生を呪うかのような古登代への憤りと、大師匠の急変に右往左往するだけの心ない家族の人々に対する憤りとが、小柄なおふくを必死なものにしていた。一途に亮太郎を愛し守り抜こうとするおふくの祈りが、じかに亮太郎の心に触れた。

亮太郎の口許が和んだ。

（ありがとうよ）

そう眼で笑って、素直におふくの背後から湯殿へ続く細廊下へ踏み出そうとした時、

「亮、すぐに病間へ来なさい。お祖母さまがお前を呼べとおっしゃるのだ」

厳しい仙蔵の声だった。

「今夜が峠だと村山先生もおっしゃる。先刻《さっき》から強心剤をうち続けだ。流儀の主な方たちも殆んど集っておられる。疲れてはいるだろうが、とにかく病間へ顔を出しなさい」

その蒼白んだ額へ、亮太郎はおふくですらはっとした程の眼差を向けた。

「疲れてますから、風呂へ入らして貰います」

「お前、皆さんが遠い所を集っておられるのに、孫のお前が……。亮、待ちなさい」

仙蔵の声が迫ったが、亮太郎は振り返らなかった。

騒ぎにまぎれて湯に入る者もなかったのだろう。大きな白い湯槽には満ち足りた湯気が新しい匂いを一杯に孕んでいる。

肩まで深々と沈んで思いきり腕と脚を伸ばすと白い湯煙が溢れてタイルを伝った。

「お湯加減、どうです？　お背中、流さしておくれやす」

裾っぱしょりのおふくが戸を開けて入ってきた。

「何年ぶりかな、おふくに流してもらうのは……」

「お小さい頃は背中洗うのは嫌やいいはってうちに水をかけなすった……。覚えてはりますか」

「わすれた」

「よう言わん、とぼけはること……」

低く笑って、急に声を落すと、

「若旦那、芸は酷いもんどす。大事になさらなあきまへんえ」

真剣な熱っぽい息が亮太郎の耳たぶに触れた。

「うん」

にこりと微笑して、亮太郎はざぶざぶと顔を洗った。

「風呂から出たらすぐに寝るよ、遺言も、お通夜も俺の知ったことか……」

湯気の中で白い歯が再び笑った。だが、霜月の夜は芯まで凍えてか、亮太郎はなかなか温まらなかった。身体のどこかに穴があいていて、そこから隙間風が這い込むように、落着かない気持で浴室を出ると、そこには母の白っぽい顔が待っていた。

「亮さん」

おどおどと息子の幅広い肩を見上げて、うそ寒げに衿をかき合わせた。おそらく病間に居たたまれなくて、底冷えのする床に立ちすくんでいたものだろう。その母の首筋のふるえを目にすると亮太郎は直感的に、

(だめだ)と思った。

「こんな所で、風邪を引くじゃないか」

華奢な母の指を摑むと、それまで力一杯に抵抗してきた心の支えが倒れるのを感じた。

紫小紋の背を抱いて奥へ歩き出しながら、亮太郎はそっとふりむいた。姿はガラス戸に隔てられていたが、浴室の薄明りの中で泣いているようなおふくの顔がくっきりと見えるようだった。

(仕様がないんだ、おふく、堪忍しろよ)

風がしきりに庭木をゆすった。

古登代の病間に当てられた奥の八畳には、仙蔵が医者と看護婦と共に付き添い、次の間《ま》には集った門下生たちが落着かない額を寄せていたが、入ってきた亮太郎をみると無言で席を空けた。誰の目にも僅かだが非難めいたものがあった。大師匠の死期が迫っている夜半、一人だけ顔出しもしないで、のんびりと風呂に入っている。

(仕方のない若旦那)

の気持は、亮太郎と病人の反目を知っているだけに、

(いくら気が合わないといっても、祖母と孫の間柄だもの、義理にも心配そうな様《そぶ》子《り》を見せたらよかろうに……)

と大人の常識が、黙々と坐った亮太郎の横顔へ遠慮がちながら冷たい視線をちらちらと向けるのだ。

そっと襖を開けて世津子は奥へ消えた。古登代の枕辺へ、息子の帰宅をとりなし

に行ったものだ。襖が母の小さな手で閉じられ、その儘で重く時刻《とき》が通り過ぎるのを、亮太郎はつとめて平静に待とうとした。

大火鉢にかけた鉄瓶がカナリヤのように囀《さえず》り、遠く生垣の外で犬が啼いた。眠れる程の太い神経は持ち合わせていなかったが、疲労が亮太郎の意識をいつか朦朧《もうろう》とした。灰をかぶったような思考力の上で、母の顔とおふくの眼がちらちらと交錯した。

（どうしたんだ、ひどくバテてやがる）

頭のどこかでそう一人言《ひとりごと》ちた時、音もなく襖が開いた。

「亮、お入り」

父の暗い声に引きずられる風に、亮太郎はふらふらと立ち上った。

友禅の派手な布団の横へそっと膝をつくと枕許から馥郁《ふくいく》と菊が香った。白いシーツと、白い枕カバーと掛け布団の衿を被った白いタオルと、白一色の中に古登代の銀髪があった。流石に頰も顎もげっそりと肉が落ちて、鼻と耳とが馬鹿に大きくとがって見えたが、くぼんだ両眼だけは相変らず猫目石のように不気味であった。

「見舞っておくれかい。御苦労さんなこった」

乾いた口唇が皮肉にゆがむのを亮太郎は無表情にみつめた。

「御苦労ついでに頼みたいことがある。聞いておくれだろうね」

眉も動かさない亮太郎の顔に含み笑いして、ゆったりと仙蔵を見た。すぐさま仙蔵が枕ぎわへ顔を寄せる。

「この世の思い出に、長唄を聞いて死にたい。亮太郎になんぞ弾き語りさせて欲しい。冥途で先代に亮太郎の芸を語って聞かせたいのだよ」

低い、が、しっかりした声音で古登代は言った。

仙蔵がうなずき、医師と目くばせして立ち上った。

「亮、お前も……」

次の間へ来ると仙蔵がすぐ言った。

「先生、どんなものでしょう三味線なんぞ弾いて、病人のために……」

追っかぶせて亮太郎は叫んだ。

「俺はいやだよ。疲れてるんだし、こんなに神経が荒れてるんじゃ三味線を持つ気になれっこないよ。馬鹿馬鹿しい。鬼婆の臨終に神妙な面《つら》ぁして三味線弾くなんて、そんな田舎芝居みたいなこと、俺に出来るかって」

「亮ッ」

「亮さん、あんたは……」

父と母とから、同時に怒声と悲鳴に似た声が上った。

「若旦那、そりゃお疲れになってるのはよく分りますが、他の場合じゃなし、いわば御遺言のようなものですから……」

見かねて古参の一人が口を添えた。

「いやだよ。第一、大師匠は聾じゃないか、唄も三味線もろくに聞えないものの前で一体、なにをすりゃいいのさ」

亮太郎に言われて、一同は思わず迂闊な顔を見合わせた。

「そりゃ、ま、そうですがね、大師匠にしてみれば、たとい聞えなくとも若旦那の三味線持った姿が見たい……。それだけで御満足なんでございましょう。なにしろ産着の時から三味線の音の中でお育ちなすった方ですから……」

「そうですとも、若旦那のお気持はよく分りますが、これが最後のおつとめだと思って……」

社中の人々の声を背にして亮太郎は、押しだまったまま廊下へ出ようとした。これ以上、喧噪に巻き込まれたくなかった。

刹那、開け放した襖越しにじっと瞶めていた古登代が、気配でそれと悟ったのだろう。

「亮、逃げるのかい」

死病の人とは思われぬ鋭さで、

「あんた、今更あたしに芸を見せるのが怖いんだろう。うすみっともない芸なんで、それで私に後《うしろ》を見せるんだろ、とんだ天才、芸術家さねえ」

甲高い、しゃがれた古登代の声だった。

亮太郎の顳顬《こめかみ》がぴくんと大きく痙攣した。血走った切れ長の眼が障子の外にうずくまった影法師をみると、

「おふく、俺の三味線もっといでッ」

くるっと踵を返してつかつかと古登代の枕許へ立った。

若々しい亮太郎の顔が怒りにふるえながら睨み下すのを衰えた視力に見出すと古登代はにんまりと不気味に笑った。

取り寄せられた三味線の音締めを調べながら、亮太郎は押し殺した声で大きく訊いた。

「なにを弾くんです?」

仙蔵が枕許へ口をつけるようにして取り次ぐ。

「鷺だよ」

投げ出すような古登代の返事だった。荒い息を吐き、大儀そうに寝返ってそっぽを向いた。寝姿をねめつけて、亮太郎は撥をかまえた。

いつの間に降り出したのか、静まりかえった部屋の外に、しめやかな雨の音があった。瓦を濡らし、柿の葉を紅《あか》く染めて降る時雨の寒さに、亮太郎の憤怒がじわじわと溶けてうすれた。

象牙の撥が冷たく糸に触れると、

「妄執の雲晴れやらぬ、朧夜の、恋に迷いし……」

低いが、しっとりと雨夜の闇に染《し》み入るような唄であった。

風が時折八つ手の葉に冷雨を飛沫《しぶ》き、ガラス戸を鈍く叩いた。

亮太郎の軽く閉じた瞼に、墨絵のような吉原田圃の雪景色が浮び、粉雪の中に一羽、羽を休めた白鷺の姿が見えた。

白鷺は白無垢の花嫁衣裳をまとった母の姿になり、この春、東横ホールで踊った花荻みつるの鷺娘の舞台顔になった。

あの時の亮太郎の唄を、

「若旦那の〝鷺〟に色気が出て来やはった」

とおふくが言った。そのおふくを送って帰宅すると、母の火傷事件が起っていた

のだ。そういえば、あの時、古登代は、

「お前に一度だけ、あっと言わせることがある。本当の勝負はその時のことだ」と意味ありげな台詞を吐いた。

（俺に仕返し……？　一度だけ……？）

（馬鹿な……なにが出来るというんだ。もうあの世に片足突っ込んでいる人間に……）

（だが……？）

（あれは単なる嫌がらせだけとは思えなかった……？　それだけではない何かが……たしかに何かがあったようだ）

（しかし……？）

思うともなく、意識の外を亮太郎の想念が走り廻った。

（あのとき、母の火傷を理由もなしに湯をぶっかけたのではない、煮湯を溶びせるにはそれ相応のわけがある……と大師匠は言った。そのわけとは……？）

（母は覚えがないといった。誰もその原因らしいものも知らぬ……）

唄は、雪の原に舞う鷺の姿から、艶な口説《くど》きへと流麗に進み、撥さばきも一入《ひとしお》、冴え渡りながら、亮太郎の心のどこかは或るぼんやりした幻影を捕えようと必死に働いていた。

「忍ぶ　その夜のはなしを捨てて」

合方の間をとりながら、三の糸を締め直した時、ふと亮太郎の網膜に、あの初夏の晩、おふくと母のやりとりを立ち聞いていたらしい古登代の姿が浮んだ。

（つんぼの立ち聞き……）

と笑い捨てたものだったが……。

はっと、亮太郎の胸に閃くものがあった。

三味線は三下りを派手に、

須磨の浦辺で　潮汲むよりも

君の心は　汲みにくい

さりとは

実に誠と思わんせ

チンツンツンと合方が繰返して、

繻子《しゅす》の袴のひだ取るよりも

主のこころが　取りにくい

と続くべき部分だった。

はっと心に閃いた或る思いつきに、ひたむきな芸心が破れたのだろうか、無意識の中に亮太郎の口許は二節目の、

　主のこころが取りにくい

を

　君の心が汲みにくい

と繰り返していた。

「亮さん」

後向きのまま、古登代の声がひんやりと皮肉に嘲《わら》った。

「もう結構だよ、袴のひだが汲みにくいたあ、よくも唄っておくれだったね。おかげでよい冥途への土産話が出来ましたよ……」

語尾は最後の力をふりしぼるように切なく苦しげに跡絶えたが、衰えた頬には満足そうな笑みが浮んでいた。

三味線の棹を握りしめたまま、亮太郎は火を吹くような眼で古登代を凝視した。

（大師匠は耳が聞えるのだ！）

（つんぼではなかった？）

（一度は確かに聞えなくなった。しかし何かの拍子で、又、聞えるようになってい

た。にもかかわらず、つんぼを装って俺達を欺いてきた？　なんのために……？）

雨音に交って、安らかな古登代の寝息が聞えて来た。

命の限りを、この瞬間に賭けた古登代の額は、べっとりと汗ばんで、銀髪が皺の上にこびりついている。

医者がにじり寄って強心剤のアンプルを取り上げた。

死が、すでに歴然と翳を落している古登代の身体から、女の執念がめらめらと炎をあげて燃え盛り、やがてひそかな灰となって消えとぼるのを亮太郎は見た。

夜明け近い寒気の中で、凍りついたような亮太郎の口唇から、声にならない呟きが洩れたのはその時である。

負けたよ。大師匠。

狂言師

一

星が、まばらに残っていた。

薄明りの中に満開の吉野桜が白ら白らと浮んでいる。

僅かな風に篝火がはぜた。

広い境内を埋めつくした観衆は、仮ごしらえの能舞台を三方から取り囲む恰好で、ひっそりと明六ツに始まる勧進能を待っていた。

幕開きは吉例により「翁」である。

小鼓のしらべが樹林を縫って微かに聞えて来た。

洛北の大禅刹、万年山相国寺《しょうこくじ》は永徳三年七月、夢窓国師を開山として、足利義満の建立に成った。往時は堂塔伽藍盛観を極めたが、応仁の乱に諸堂宇ことごとく兵《へい》燹《せん》にかかり、以来百数十年荒れるにまかせていた。

豊太閤の時に至って寺領の寄附を受け、伽藍も一応は再建したが、寛永年間、増改築、補修のため広く浄財を募る目的の勧進能が施行され、今日はその最後の日に当った。

翁《シテ》を勤める観世若之丞が定めの位置に着座するのを合図に、刀《と》菊《ら》弥三郎は緊張した面持《おももち》でシテと向い合った。

当年十九歳。面箱の役はこれが二度目である。

面箱の役というのは上掛り（観世・宝生）のシテ方が「翁」を勤める時に限って出る役で、三番叟《さんばそう》と同じく狂言師の持ち分であった。

面箱と呼ばれる蒔絵した塗り箱に翁の面《おもて》「白式尉」と三番叟の面「黒式」とを納めたのを目八分に捧げ、弥三郎はすり足でシテの前に進んだ。音もなく膝を突く。

型通りに面箱を置き、結んである紐を解き、蓋をはらう。

声にならない驚愕が弥三郎の唇に上った。面箱の中には翁の「白式尉」はなく、三番叟の「黒式」の面だけだったのである。

（どこで、とり違ったものか……）

観世若之丞の顔にも明らかな狼狽が走った。背後にひかえていた後見があたふたと立ち上って、切り戸口に消えるのを見ると、弥三郎は不敵な表情になった。悠々と面の紐をさばく形を続ける。指先も乱れず、顔色も平素のままであった。

舞台はとどこおりなく進んだ。後見の取って来た「白式尉」は面箱の上で巧みに「黒式」とすりかえられた。無論、観客は気づかない。

面《おもて》をつけ終えた観世若之丞が装束の袖をひるがえして天下泰平の舞に立ち上るのを、弥三郎は安堵の目で瞶《みつ》めた。

だが、三番叟の出《で》を知らせるモミダシの手を小鼓が音高く打ちはじめた時、弥三郎はふと不吉な予感に襲われた。

小鼓方の頭取、太秦小左衛門の鼓の音に、或るけわしさがあるのだ。

紅白八つ交りの厚板に、鶴菱と亀の丸とを織り出した着付に、込大口《こみおおくち》を穿き、褐色の直垂《ひたたれ》を着けた三番叟は軽ろやかに揉の段を舞っている。四つちがいの兄だが、一昨年、正式に刀菊流宗家の跡目を継いでから、急に年齢《とし》に似合わぬ落着きと貫禄が具わったかに見える。

弥三郎は兄のこめかみに滲む汗を知った。囃子方の間にすさまじい緊張が起っていた。一きわ冴え冴えと打ち続ける太秦小左衛門の強引な気合に、笛も太鼓も自在に翻弄されているのだ。気魄というよりも殺気であった。

挑むような小左衛門の鼓は、明らかに狂言師、刀菊弥太郎の三番叟に向けられていた。

鈴の段に至って、小鼓はぐんぐん間《ま》を詰めて来た。拍子の速度はぎりぎりの限界までに早められた。

小左衛門の吐く息と、弥太郎の引く息とがほんの一瞬でも狂ったら、舞台には破綻がくるのだ。

五穀成就を寿《ことほ》ぐめでたい三番叟の舞はいつか鼓打ちと狂言師の死力を尽した芸の勝負に変っていた。

(どうしたのだ……なぜにこんな……)

弥三郎には太秦小左衛門の量見が計りかねた。華奢な弥太郎の手に握りしめられた鈴が、次第に重みを増して行くのを、弥三郎ははらはらしながら見守った。もともと蒲柳の性質《たち》である。三日間続く三番叟はそれだけでも兄の身体にも心にも負担に過ぎる筈だった。

達拝《たつぱい》拍子を踏む弥太郎の足に痙攣が走っていた。

笛も、大鼓《おおかわ》も、太鼓も、もはやしどろもどろであった。動揺が舞台中を嵐のように吹きまくっている。

その中で、こればかりは微塵の狂いもない小鼓の音が、冷徹なまでの正確さで間《ま》を刻んでいた。

眼も鼻も唇も極立って大きく、肉が厚い。太秦小左衛門の不敵な貌《かお》を刀菊弥三郎は腹の底から憎い、とみた。


橋がかりを幕に入って数歩目に、刀菊弥太郎は大きくよろめいた。

続いて入った弥三郎は慌てて兄の身体をささえた。

「いや、大事ない……」

弥太郎は乾いた声で言って鏡の間に着座した。

出演者同士の挨拶があり、それぞれ控えの間へ引き揚げようとしたとき、

「ふん、不心得者奴が……」

叩きつけるような、その蔑みが己れに向けられたと知って、弥三郎はふりむいた。

嘲りを含んだ太秦小左衛門の赭《あか》ら顔がそこにあった。

「不心得者とは、手前を指してのお言葉でしょうか……」

小左衛門は、そっぽを向いた。囃子方も能楽師方《シテ》もぎくと足を止めて見ている。

弥三郎は後に引けなくなった。

「伺いましょう。手前のどこが不心得でございました……」

鼓打ちの眼が光った。

「わからぬのか、あれ程な失態をしでかしながら……」

「失態？」

「翁の能は能であって能にあらず、儀式、祭事として尊び、勤める役者は別火潔斎を行うことはお手前もお家柄の御子息なら、よも御存知ない筈もあるまい。左様な大事の能に面箱のお役を勤めながらあれはどういう御量見か……」

「……」

「わしも長年、翁の能を勤めたが、面箱から黒式尉が出たのは前代未聞……なんともお見事なことでござった……」

弥三郎は頰を朱に染めた。

「仰せですが、面箱から黒式尉が出たことを手前の落度と申されるは筋違いでしょう。面箱に白式尉の面をおさめるのはおシテ方のお役、手前はただ……」

言い募る弥三郎の肩は背後からぐいと引かれた。

「ひかえよ。弥三郎」

「兄上……」

弥太郎は弟を押しのけると太秦小左衛門の前にぴたりと手を突いた。

「兄上、私の落度ではございません、手前は……」

弥三郎は子供のように足ずりして叫んだ。実際、面箱にシテの面をおさめるのはシテ方の責任で、狂言師は舞台を勤める寸前にそれをシテ方から受け取るのだ。責められるのは当然、面を入れちがえたシテ方の後見であり、むしろ、そうした事故にもかかわらず一糸乱れず面さばきをやり通し、首尾よく舞台を勤めた弥三郎の度胸と気転は賞讃されてよい筈であった。弥三郎自身、内心、得意でもあったのだ。

兄の態度は腑に落ちなかった。

弥太郎は厳しく弟を見た。

「大切な面箱のお役を承りながら、面箱の中を改めもせず舞台に上り、それでお役が無事に勤まると思うたか、慮外者奴が……」

低いが、語尾は鋭かった。

刀菊弥太郎は正面から太秦小左衛門を見、静かな声で続けた。

「弥三郎の無調法は、とりもなおさず手前、刀菊宗家の未熟にござります。おとがめは如何ようなりとも……」

様子を見ていた相国寺の役僧が、すかさず中に立った。

「なにせよ、今日は尊い勧進能じゃ。どちらにもとが人は出しとうない。表沙汰にしては仏の御心にもかないますまい。ま、穏便に……穏便にこそ……」

二

旅宿へ帰るなり、太秦小左衛門は出迎えた妻に言った。

「明日は京を発つ。仕度をたのむぞ」

波野は微笑でうなずいた。

着がえを手伝いながら前に廻ったとき、波野は良人が一人笑いを浮べているのに気がついた。

「今日はなんぞよい事がおありなされたような……」

小左衛門はちらと妻の横顔を見て、新しく苦笑した。

「刀菊《とら》の兄弟はなかなか歯ごたえがある。親父の土性っ骨をそっくり受けついでおるのだ。狂言師には惜しいようだ……」

含み笑いに続けて明るく言った。

「今日の翁は、久しぶりに命をけずった舞台を勤めたぞ」

声も機嫌よかった。

宇治の里は、古くは「菟道《うじ》」と書いた。

その昔、応神天皇の皇子菟道稚郎子《わきいらつこ》が帝位を兄の大鷦鷯《おおさざき》皇子（仁徳天皇）に譲って此の地に隠棲された時、荊棘《けいきょく》深く道に迷われた折にたまたま一匹の兎が現れて皇子を導いたという故事から「菟道」の名が起ったと伝えられている。

藤原時代には貴族の別墅《べっしょ》や寺院が多く建立された景勝の地ではあったが、源平以後は王城防禦の要害として血臭い歴史の彩《いろど》りを経ている。

宇治川の流れに沿って、刀菊弥三郎はとぼとぼと歩いた。浅黒い顔には屈託がこびりついている。

相国寺の勧進能以来、刀菊弥太郎は夥《おびただ》しく吐血して床についていた。医師の手当で意識は戻ったものの、衰弱がひどく一カ月余りも経った今、尚、寝たり起きたりの状態が続いている。

「太秦小左衛門どのの所為《せい》ではない。わたしの芸が未熟故だ。小左衛門どのが我等にしめされた凄じい気魄、魂をけずるような芸の厳しさを生涯、わすれまいぞ。あの眼光といい、意気といい、わたしは最後まで小左衛門どのに圧倒されて終った。わたしの腕は遠く小左衛門どのの鼓に及ばない……」

唇を噛みしめて苦しげに語る兄のやつれた顔を弥三郎は深い悔恨にさいなまれながら睹《みつ》めた。

(俺のせいだ……)

面箱の役というからには、たとえしきたりはどうであろうと、自分が持って出る面箱の内容を改めもせずに出たのは、確かに不心得、不量見と、今更ながら思い当る。

(俺は狂言師の魂を置き忘れて舞台に上ったのだ……)

面さばきだの、起居進退だの、形の上にだけ心を奪われて何の狂言師、なんの面箱の役ぞ、と兄の叱責は一々胸に響いた。

(小左衛門どのの立腹も不当ではなかった)

それにしても、自分の失態をとっこにとって病弱な兄にああした酷い仕打ちをするとは……弥三郎には我慢がならなかった。

「小左衛門どのは律儀なお人だ。若いわたし達に芸の怖しさ、芸魂を見せてやろうと思われたのだ……」

兄の言葉は理屈では分っても、感情は激しく反撥した。

(なにも……あれ程までにしなくとも……落度があったのは俺だ。兄に何の罪があるというのだ……)

土気色になった顔に脂汗を滲ませて、必死の舞台を勤めていた兄の姿が痛ましく目に浮ぶ。悪くすれば兄はあのまま死んだかも知れないのだ。もし、そんな結果になったとしても、おそらく太秦小左衛門は、

「未熟者奴が……」

とうそぶくに違いないのだ。

(酷い……)

と思う。

(刀菊弥右衛門の遺子である俺達に向って、よくも、そうした真似が出来るものだ。怨みは俺達にこそあれ……)

川に沿った道は僅かに右折してなだらかな丘に続いていた。小ぢんまりと樹木が青い。

杜鵑花《さつき》が色あせた紅をこぼしている。花の朱《あか》さが、弥三郎に十年前の悲しみを呼び起した。

寛永三年五月、折から入朝した明の陳元贇《ちんげんぴん》が将軍家に謁見した際、歓待の意味を含めた上覧能の催しが三の丸で行われた。

たまたま「石橋《しゃっきょう》」の能が絶えて上演されなかった事が上聞に達し、北七太夫にその復活が命ぜられた。ワキ役は高安太郎左衛門、笛、森田庄兵衛、小鼓、太秦小左衛門、大鼓《おおかわ》、葛野九郎兵衛、太鼓は観世与左衛門と名手を選りすぐった末に、間狂《あい》言が刀《と》菊《ら》弥右衛門に定った。

刀菊弥右衛門は大蔵流、鷺流に並ぶ狂言の名門、刀菊流の宗家で、時に年齢《とし》、五十二歳、円熟した技量は当代随一の定評があった。

「石橋」の間狂言を勤めることが定ると、弥右衛門は直ちに小鼓方の太秦小左衛門に間《あい》の出は早鼓である、と申し入れを行った。

元来、間狂言とは能の前ジテと後ジテの間に挿入される狂言師の「語り」もしくは「所作」で普通これには囃子をともなわないのを常則とした。

能の「石橋」は別名を「獅子」というように、眼目は後ジテの豪快な獅子の舞にあるのだが、前半は寂昭法師が入唐して文珠の浄土清涼山に来り、一人の樵童《しょうどう》から石橋の由来や間もなく現れる目前の奇特について聞く物語に構成されている。間狂《あい》言は樵童に扮したシテが再び獅子の衣裳で現れるまでの間《あいだ》をつなぐもので、仙人体で杖を突いて出る。この間狂言の出に早鼓と称される鼓の打ち方をしてくれるようにと、小鼓方へ要求したものだ。

太秦小左衛門は彼の申し出を一蹴した。

「我家の伝えには石橋の間《あい》は語り間《ま》とあって早鼓とはない。従《よ》って狂言方のお望みには応じられませぬ」

と、シテ方、北七太夫へ応答した。七太夫がその由を弥右衛門へ伝えると、彼は彼で、

「昔、近江の六角殿にて石橋有りし時に似我与左衛門が今迄は〝乱序〟にて出たが、大鼓の頭取事なれば〝乱序〟を二度続けて打つこと如何ゆえ、小鼓を頼み〝早鼓〟にて出るべしとて、狂言と小鼓の了解を得て夫《それ》より〝早鼓〟に定む、と口伝書《くでんしょ》にあるのが何よりの証拠にござりますれば……」

口伝書をしめして譲らない。当惑した北七太夫は係の永井信濃守まで、両人の言い分を訴えた。なにしろ、「石橋」という曲目自体が長年、上演されなかったのだから、間狂言の出がどうだったか記憶している人物もおいそれとはいない。信濃守にした所で裁きようがなかった。よんどころなく、狂言師と鼓師を招いて言い分を聞いたが、一向に譲り合う気配もない。あげくの果に太秦小左衛門は、

「そもそも囃子方と申すものは、能のためにこそあれ、狂言に随うものとは承りませぬ。能と狂言とは同じ猿楽の流れを汲むとは言え、万物の霊長たるべき身を以て、

葦辺に遊ぶ鳥どもの真似をして御機嫌を伺うような当代の狂言師風情が、日本一の鼓師に間《あい》の出を云々するとは慮外千万……」

と罵倒して喧嘩別れとなった。

当時、狂言の流儀に大蔵流と並んで鷺流と称する一派があった。

猿楽伝記に、

（鷺の家は本名長命にて長命権之丞、狂言の上手なり。太閤の御意に入り九州名護屋御旅館の時、水辺へ御出、御遊興の時、権之丞川へ飛び入り、鷺の魚を踏むまねをして御覧に入れ、是より鷺、鷺と召され鷺と改めさせ給へり）

と見えている。太秦小左衛門が「万物の霊長たる身が鳥類の真似をして御機嫌を取り結ぶような当代の狂言師云々」と言ったのは、この事実を指したものであったろう。

こうまで言われては、流石に刀《と》菊《ら》弥右衛門も腹に据えかねた。それでなくても、囃子方がとかく狂言を卑しめて、狂言の囃子を打つことを極度に毛嫌いする風があるのを、常々、苦々しく感じていた弥右衛門でもあった。

「よい折でもある。命を賭けても狂言師の意地を貫いてみせる」

ひそかに心中、期する所があった。

結果、上覧能「石橋」の間《あい》は、鼓師も打たず、狂言師も遂に揚げ幕から出ないままに、間狂言抜きで後ジテの獅子舞に入るという始末に終った。

当然、無事には済まない。狂言師、刀菊弥右衛門は八丈島へ遠島、但し家族はおかまいなし。鼓師、太秦小左衛門は当分、蟄居《ちっきょ》謹慎を仰せつけられた。喧嘩両成敗は権現様以来、徳川家の家訓である。にもかかわらず両者の処罰の甚しい差別は、かつて大御所秀忠の所望により観世大夫の美声を相手に「天鼓」の一調を打って、謡と鼓がつかず離れず渾然と一つになった妙味に、

「天晴れ、天下一の鼓打ちぞ」

と賞讃を受け、秀忠公秘蔵の「梅ケ枝」という銘のある小鼓を紫の調緒《しらべ》のまま拝領した、という太秦小左衛門の過去による含みもあったし、平素から老中、重職らの邸に出入りを許され、親しく贔屓を被っていたという強味の所為でもあったろう。

刀菊弥右衛門の妻は既に世になかったが、弥太郎、弥三郎兄弟は祖父の代からの内弟子であった大井平六の許に養われ、刀菊流宗家の名跡は弥太郎成人の暁まであずかり置くと裁断された。

遠島四年、弥右衛門は病を得て流人のままに死んだ。

夏木立のかげに形ばかりな墓があった。

あたりには人影もなく、雀一羽見えない。弥三郎はしょんぼりと土に坐った。罪に死んだ父親の墓は世をはばかって「南無阿弥陀仏」の六文字が刻んであるばかりであった。

父の顔を、弥三郎はおぼろげにしか憶えていない。

「九歳にもなっていながら……」

お前はどこかのんびりしたところがあるのだ、と兄はよく笑っていう。

(俺は確かに間が抜けている……)

迂闊者だから、大事の面箱に黒式尉の面なぞ入れて舞台に上ったのだ。

「父上、弥三郎は不心得を致しました……」

もう、何度となくこの前で繰り返した呟きが又、口に上る。悔んでも悔み切れない気がするのだ。

「芸のつたなさは分相応のもので、修業は一生と思えば恥ずる事はない。だが、不心得から起った粗相は舞台を勤める者として許し難い。見苦しい事だ……」

亡父の口癖だったという、この言葉を弥三郎は平六の口から何度となく聞いていた。

「御宗家のお舞台はなんと申すのでしょうか、風のように颯々として、まるで無心に遊んでいるかに見えました。それでいて手にも足にも微塵の隙もございませぬ。どんな動きにも無駄というものがない。まことの至芸にございました。三間四方、吹き抜きの舞台に、或る時は花を咲かせ、月を照らし、雨でも雪でも自在に降らせて見せた御宗家の芸でございました……」

老いの眼をしばたたかせながら、平六は繰り返した。亡父の芸を瞼の底に焼きつけて半生を過したこの古参の内弟子は、宗家の血筋を継ぐ兄弟の成長だけにあらゆる夢をつないで生きているのだ。

「一日も早く、御宗家以上の狂言師におなりなされ。それがなによりお父上への供養にござりますぞ……」

くどい程に言い言いしていた平六が最近ひそかに弥三郎にささやく事があった。

「あなた様の芸はひょっとすると、若宗家よりもお父上に似てござる。なにげない身ごなし、一挙一足に、ふと御宗家の面影を見ることがござりますぞ……」

そんな時、必ず平六は目をうるませていた。

(似ているのだろうか、父の芸に……)

事実、弥三郎は父親似の顔と体つきを持っていた。

「御宗家様のお若い時に生き写しじゃ……」

乳母でもある平六の女房もよく言った。

（なれるのだろうか……父上のような狂言師に……）

繊細で神経質な兄の舞台にくらべて、弥三郎の芸はあくまでも大まかで荒けずりだった。だが、平六はそこに野放図に伸びる、狂言師としての弥三郎の可能性を見出したのかも知れなかった。

（俺はなりたい。父上のような狂言師に……）

若い一途さで、弥三郎は流れる雲を仰いだ。雲の形が、太秦小左衛門の顔に似ていた。

（くそッ、太秦小左衛門奴ッ……）

弥三郎は足下の小石を摑むと力一杯、大空へ向けて投げた。

石は弧を描いて、宇治川の深みへ落ちた。

三

梅雨《つゆ》があけて間もなく、刀菊弥太郎は御納戸頭、大田備中守の私宅へ招かれた。

案内された席には観世若之丞の顔が見えた。

大田備中守は四十年配の温厚そうな人物だったが、入って来た弥太郎の病み上りらしいやつれた姿に、ふと眉を寄せた。

「長らく臥床中と聞いたが……」

「いえ、もう大事ございませぬ。見苦しき体《てい》にて恐れ入ります」

弥太郎の会釈に、備中守はうなずき、観世若之丞と軽く目を見合わせた。

「病後とあらば、殊更にのう……」

相手の怪訝な様子に微苦笑した。

「いや、実は上様直々の御内意により来春早々、三の丸御桟敷にて上覧能の催しが内定致し、近畿在住の能楽師各流へ召し状が届いたのじゃが……」

「すると観世様にも御出府の……」

「む、御沙汰があった……」

観世若之丞はうつむいたまま、低く応じた。僅かに白いものがまじりはじめた横鬢の辺りに六十近い年齢が窺われるものの、がっしりした肩の厚さも皮膚の色も壮年を思わせる。五番目物を得意とする豪快な芸風には定評のある存在であった。

「それは、おめでとう存じました。して、東下りの日取りは……」

「年内に江戸表に参集するようにとの御下知じゃ……」

若之丞は改った口調になった。

「実はその東下りなのだが、こたびは刀菊流は御遠慮されたがよいと思うてな……」

弥太郎は愕然と顔を上げた。

「それは又、何故でござります。なんぞ手前どもに不束《ふつつ》かでも……」

「そうではない。ただ、其方も病後のこと、江戸までの長旅、加えて寒中の舞台故、障りがあってはと案じた故……」

当惑そうに目を逸す若之丞へ、弥太郎は居ずまいを直した。

「観世様の御言葉とも思えませぬ。そもそも御家の能に狂言を勤めるは、父祖代々、刀菊の家の役にござりました。未だかつて他流の狂言師に御家の能の間《あい》をゆずった憶えはない筈、手前はまだ若輩、未熟者にはござりますなれど、流儀には古い弟子家の者も揃っております。又、病弱故、舞台が勤まらぬとの仰せなれば、不肖なれど弟、弥三郎奴もおりまする。何故、この度の東下りの御供をはずされますのか、まことの所を何卒、おあかし下さいますよう……」

当時、能の囃子方、ワキ方、狂言方はすべて、観世なり、宝生なりのシテ方に従属して一つの座をなしていた。従って、理由もなしに他流の狂言師に自分の持ち場を侵される事は非常な恥辱でもあった。まして、晴れの上覧能の事ではある。弥太郎がひらき直ったのは当然であった。刀菊流宗家として一歩も引けぬ気組である。

観世若之丞は途方に暮れた表情になった。憐れむように弥太郎を見る。漸くに言った。

「上様お声がかりで、私の勤める能へ太秦小左衛門どのが小鼓を打つ事になっているのだ……」

「太秦小左衛門……すると、太秦どのが手前どもの狂言では同座はならぬとでも……」

勧進能の一件がある。その疑惧は充分にあった。観世若之丞は首をふった。

「そうではない。太秦小左衛門どのからとやかく言うて来たのではないのだ。わたしも観世の宗家、小左衛門どのが如何に上様お声がかりの鼓打ちとはいえ、仮に狂言方にまで云々するようなら、わたしの方から同座するのを断るだろう。そうではないのだ……」

「では、なぜ……」

「弥太郎どの、この度の御役は貴方の御家柄では弟子家の者には勤められぬ、貴方御自身でしか出来ぬ間《あい》なのじゃ……」

「すると……」

弥太郎は頰に血が上った。

「もしや……？」

「私に命ぜられた御役は〝石橋〟なのじゃ」

あっ、と弥太郎は色を失った。

能の前ジテと後ジテとの間《あい》をつなぐ間狂言には刀菊流に一子相伝とされるものが五番あった。即ち「朝長」「春日竜神」「土車」「石橋」「邯鄲」の五番で、これに限り弟子家の者は演ずる事を禁じられ、勤め得るのは宗家唯一人とされていた。刀菊弥右衛門歿《な》き後、この五番を許されているのは一昨年、漸く刀菊流一同の願いが通って、宗家の名跡を継いだ刀菊弥太郎だけという事になる。

しかも、曲は因縁の〝石橋〟であった。

病身にかこつけて東下りを遠慮させようとした観世若之丞の配慮が弥太郎の胸にしみた。だが弥太郎はずばと正面から備中守を見た。

「我意を通すようにはござりますなれど、何卒、明春の大役、手前にお申しつけ下さりませ。必死の舞台、相勤めまする所存にござりますれば……」

若之丞の制する声も、引き止める袖も弥太郎は払いのけた。

「お願い……おねがい仕ります」

ひしと両手を仕えた弥太郎の、まだ稚《おさな》さの残っている衿許を眺めて、観世若之丞は暗い嘆息を洩らした。

備中守は上機嫌であった。

ひたむきな弥太郎の態度が好感を招いたのと、十年前の〝石橋〟のいきさつをうすうすは聞いていて大いに同情した為でもあった。

「わしに出来る事なら、なにかと便宜に取り計うて遣わそう。なんなりと今の折に申せ」

言われて、弥太郎は膝を進めた。

「おねがいと申せば唯一つ、先程も申し上げましたように石橋の間《あい》は我らの流儀にては〝朝長〟〝春日竜神〟〝土車〟〝邯鄲〟と共に一子相伝の大切な間《あい》として重んじられておりますだけに家の口伝は如何ようにても守らねば相済みませぬ。かねてお聞きおよびでもございましょうが、十年前、父、刀菊弥右衛門が上意に逆ってまでも石橋の間《あい》を勤めかねましたは、家の口伝に石橋の間《あい》は早鼓にて出よ、とあるにもかかわらず、小鼓方太秦小左衛門どのが早鼓をお打ちなされなかった為故でございます」

次第にこみ上げてくる感情を必死で制しながら弥太郎は続けた。

「太秦小左衛門どのが早鼓をお打ちなされなかった理由《わけ》は獅子の序は早鼓に似ているため、先に間《あい》の出に早鼓を打っては、次に獅子の鼓を打つ時に重複して面白くないとのことと聞き及んでおります。なれどもそうした例《ため》しは石橋ばかりにはあらずして、脇能などには間々あること、シテの舞の前に、間《あい》にて末社の舞のあるものなど数多ございます。シテの舞と狂言師の末社の舞とはおのずから仕分けるもの、重複するようで重複と見せぬが狂言師の芸と心得ております。されば鼓にても同じ事、間《あい》狂言の出《で》の〝早鼓〟と獅子の序と、巧みに打ちわけてこそ、まこと天下一の鼓師ではございますまいか。重複する故、間《あい》の早鼓は打たぬという小左衛門どのが量見、私には心得難う存じます」

「弥太郎の申し分、一々、尤《もっと》もである。その由、早速、小左衛門に申しつけよう」

備中守の気軽な返事に弥太郎は静かな声で言った。

「有難う存じまする。狂言師にも狂言師なりの覚悟がござります。何分の御配慮、重ねてお願い仕ります」

四

「備中守様がそうまで仰せられましたのならよもやとは存じますが……」

弥太郎の話を聞いて、大井平六は蒼白になった。

「石橋」と聞くだけで、彼は不吉な予感に、身ぶるいさえするのだ。

「果して太秦小左衛門どのが、備中守様の御言葉に従いましょうか……」

今更、大田備中守の説得ぐらいで主張を曲げるような小左衛門なら、十年前の騒動は起らなかったのだ、と平六は言いたいのだ。

（御宗家様の二の舞を、おふみなされるのではないか……）

平六には若い強気が怨めしかった。血のつながりこそないが、襁褓《むつき》の頃から抱いてあやした孫のような宗家兄弟である。まして、流刑のきまった夜、

「たのむ」

と言い残した弥右衛門の言葉を、夢の間も忘れた事のない平六であった。十三歳と九歳の頑是ない少年二人に刀菊流再興の将来を賭けて、ひたすら老いの身に鞭うって来た十年でもある。数少くなった弟子家の者たちを守って、その筋へ哀訴し、

漸く弱冠二十一歳の弥太郎に刀菊流宗家の名跡を継がせたのも束の間、

（なんの因果で石橋なぞ……）

老いの愚痴はつきない。

「爺は悪い方にしか考えないようだが、私はそうは思わない。観世若之丞さまも同席の所で備中守様がなされた約束だし、それに御老中方の間にも十年前の御裁可は片手落ちであったという声が多いと聞き及んでいます。お係の方々にしても、そうそう前年の愚を繰り返すとも思いません。今度こそ、太秦小左衛門に一泡吹かせ、父上の御意志を通す事が出来るのではありますまいか」

弥三郎はむしろ挑戦的であった。

そのどちらにも、弥太郎は動じなかった。

「わたしは刀菊流宗家だ。たとえ石橋であろうと、小左衛門どのの鼓であろうと、観世様の勧める能の間狂言を他流の者の手にゆだねるわけに行かないのだ。太秦小左衛門を怖れて狂言師が同座をこばんだといわれては刀菊の家名を辱しめることにもなろう。私はただ、父上の志を継ぎ、狂言師の分《ぶん》を守るのだ……」

淡々と語る弥太郎の口許には、一歩も引かぬ狂言師の意地があった。

秋、十一月、刀菊弥太郎は、弥三郎、大井平六、それに僅かな弟子家の狂言師を伴って、他の一行より一足先に江戸へ立った。

牛込二十騎町にある弟子家の者の邸へ落ちつくと、弥太郎はすぐ稽古に入った。上覧能には石橋の間《あい》だけではなく、別に独立した狂言も二本上演する予定になっている。

それとは別に、父の代から贔屓《ひいき》になっている諸大名からの招きもあって、弥太郎はかなり多忙だった。

そうした明け暮れの中で、弥太郎は寸暇を割いて弥三郎の稽古に立ち合った。兄自身、稽古をつけてくれる曲が、いずれも刀菊流では一子相伝とされている秘曲ばかりであるのに気づいた時、弥三郎は胸をつかれた。

（兄は、万が一を思って、俺に秘曲を伝えているのだ……）

父が命を賭けた「石橋」の間《あい》に、兄も又、若い命を捨てる覚悟でいる……。悲壮な想いが弥三郎を押し包んだ。

（もし、小左衛門が自我を通したら……）

弥三郎は激しく首をふった。

（そんな筈はない。今度はそうは行かないのだ……）

観世若之丞からは、大田備中守の口添えが通って、「石橋」の間《あい》の出《で》は早鼓にてと太秦小左衛門に通達されたと知らせて来ていた。

(如何な小左衛門でも御老中からのお達しではどう諍《あらが》いようもあるまい……)

それでも不安が消えたわけではなかった。兄の健康も気がかりだった。江戸へ出てから又、一しきり痩せが目立つ。

弥三郎は寒夜、ひそかに水垢離《ごり》を取った。

五

寛永十四年は雪の多い年であった。

寒気も厳しかったが、二月に入ると二日ばかり春らしい日が続いた。

上覧能の当日を明日にひかえて、刀菊弥太郎に対し、大田備中守から急な召状《めしじょう》が下った。

「兄上はお忙しいお体です。私が代りに参りましょう……」

弥三郎は重ねて兄に言ったが、

「いや、余人では勤りかねる御用かも知れぬし……弟とは言え、若年者の身で名代を立てては憚《はばか》り多い……」

弥太郎は大井平六を伴って出かけて行った。雪もよいの陰鬱な午下《ひるさが》りであった。暮れ方になって戻って来た二人を出迎えて、弥三郎は絶句した。兄の顔色は、やや青ざめていたが平素と変りはない。取り乱していたのは供をして行った大井平六の方であった。

白い鬢《びん》は霜柱のようにそそけ立ち、斑《しみ》と皺に汚れた顔は死人のそれみたいに青黒ずんでいた。

「お城でなんぞ……」

気づかわしげな家人を遠ざけると、弥太郎は着替えもせずに書院へ弥三郎を呼び、平六と共に対座した。

火の気のない書院は寒気が戸障子のすみずみにまでしみ込んでいる。弥三郎は兄の体が気がかりだった。

「やはり、手前の思った通りでございました……こんな事になるのではないかと……手前の案じた通りでございました……」

平六の嗚咽が沈黙を破った。

「兄上……？」

「弥三郎」

二人の声は同時だった。

「上覧能の石橋の間《あい》は早鼓なし、と申し渡されたぞ……」

弥三郎はあっと目を見張った。

「そんな……早鼓のことは、すでに昨年中より我らが申し分がかない、昨日のお申し合せにもそのように承って参ったではありませんか。それを今更……」

「備中守様仰せには、御上意によりとある。重ねてお訊ね申すと、石橋の間《あい》は早鼓にて仕れとの御沙汰に対し、太秦小左衛門どのは早鼓の打ち方は存ぜず、としらをお切りなされた。もとより太秦流宗家の身で早鼓の打ち様を知らぬとは虚言に他ならぬが、小左衛門どのは更に御老中筆頭、酒井様、土井様に哀訴なし、遂に上様より石橋の間は前例により早鼓なしに定めよ、との御内意を得たというのだ。しかも、この上、意地を張って万が一にも当日失態あらば、その場において斬首仰せつけられる旨、厳しく言い渡された」

ほろ苦く弥太郎は笑った。この前の折とはうって変った備中守の態度でも上からの圧力の強さが想像された。

「前例と申せば十一年前の……」

弥三郎は茫然と唇を嚙んだ。十一年前の一方的な、あまりに片手落ちな前例を覆すために、兄が買って出た「石橋」の間《あい》であった。その前例を相手方が楯に取ろうとは……。弥三郎は諦め切れなかった。

（卑怯な……）

「若宗家……弥太郎様……」

平六がくしゃくしゃの顔を上げた。

「貴方様のお心が分らぬわけではございませぬ。が……、このたびの石橋の間《あい》に貴方様が狂言師の意地をお張りなさるのは、貴方様のお命が引き替えになるのでございます。若い貴方様には命よりも名を惜しむお心が強うございましょう。が、手前は貴方様を失いたくございませぬ。貴方様は刀菊流の御宗家、刀菊の御家のためにも、若年の弥三郎様のためにも貴方様は死んではなりませぬ。これまでにお育て申した貴方様を……今更……お願いでございます。意地に死ぬ命を、狂言のために生きようと思い直して下さりませ。この通り、お頼み申しまする……」

ひしと両手を合わせた平六の姿を、弥太郎は血を吹くばかりな眼で捕えた。動揺が彼の瞳をかすめ、ばらばらっと涙をふりこぼした。

「許してくれ。爺、済まぬ……」

兄の言葉を半ばに聞いて、弥三郎はぱっと書院を走り出た。

「梅ケ枝」の鼓を膝に、太秦小左衛門は丹念な艶布巾をかけていた。大御所秀忠公から拝領の名器である。

「梅ケ枝」の銘は胴全体に満開の梅の花が金砂子で蒔絵してある故で、胴自体は桜《さくら》の古木であった。

胴は鼓の生命といわれ、概《おお》ね赤木、大和桜、墨染桜から作られる。古来、有名な胴造り師が吉野の多武峰《とうのみね》村に在住したと伝えられるのは桜の良木がこの辺りに多い故であった。目の細かい桜を四つ割にして、芯を嫌って鉋《かんな》とのみでくり抜く。この精巧なのみの跡が「波鉋」「嵐鉋」「大嵐鉋」「檜垣鉋」「段鉋」などと称して作者を鑑定する鍵となっている。「梅ケ枝」の小鼓は室町時代の胴師「阿古《あこ》」の作といわれていた。

襖口で波野は逡巡《ためら》っていた。鼓を手にしている時、声をかけるのを主がひどく嫌うためであった。胴に表皮と裏皮をかけ、浅黄の調緒《しらべ》を結ぶのを見て、漸く声をかけた。

「あの、御来客にござりますが……」

小左衛門はじろりと妻をみた。

「舞台前は人に逢わぬとかねて申しておるに何と聞いておるのだ。不心得者奴が」

「はい……」

波野は目を伏せた。

「逢わぬと申したら逢わぬ。例え老中、お大名方のお使であろうとお断り申せ。わしが断るのではない。太秦流鼓打ちの芸がお断り申すのじゃ」

枯れた声がびしびしときめつけた。波野はそっと夫を見た。

「お怒りはよう分りまするが、逢うてあげて頂けませぬか。お目にかかるまでは玄関を動かぬと申されております……」

「誰じゃ。その馬鹿者は……」

「刀菊どのの弟御にござります……」

「刀菊弥三郎……」

憫笑《びんしょう》がふと、彼の口許をかすめた。

「これへ通せ」

案内されて、刀菊弥三郎が座に着くと、小左衛門は挨拶抜きで口を開いた。

「御用のみ伺い申そう」

無愛想な声であった。弥三郎は相手を正面から見据えた。

「念のために伺います、上覧能の石橋に早鼓はお打ちなされぬ由、承りましたが、しかと左様でございますか」

小左衛門は蔑みのこもった眼で弥三郎を眺めた。

「早鼓は打たぬ、もともとその所存だったが、御老中方より石橋の間《あい》は早鼓なしをもって定りとせよとの御上意が下りた。当然の御指図だ。狂言の出に、囃子を打つ事自体が可笑しいのだ。まして〝獅子〟の鼓は秘曲中の秘曲。たかの知れた間狂言などにわずらわされてたまるものか」

「しかし……十年前に貴方は御自身の意地を通して一人の狂言師を葬られた。狂言には狂言の申し分がある。このたびは狂言師の言い分を立てさせるが道とは思われぬのか」

「馬鹿な……」

鼓打ちは苦く眉を寄せた。意地の強さを物語るような濃く太い眉であった。

「鼓打ちは鼓打ちの言い分を守るが芸の為、なまじな斟酌《しんしゃく》は道を誤る基だ……」

「なれども……」

おっかぶせて小左衛門は怒鳴った。

「芸の道はゆるがせに出来ぬものじゃ。若輩の狂言師づれになにが分る……」

満面を朱に染めている弥三郎を睨めつけた。

「芸の道に情は要らぬ。言い分の通らぬが口惜しければ、わしに負けぬ芸を磨けばよいのだ……」

小左衛門は昂然と胸をそらせた。六十余年の生涯を小鼓一つに賭けた男の自信が、傲岸不遜といわれる彼の貌《かお》にも体にも、鋼鉄《はがね》の筋をぴいんと張り廻らしているようであった。

「それならば申しましょう。芸にはあくまでも芸を以て戦えと仰有る小左衛門どのが、何故、御老中を頼んで石橋の間に早鼓なしとする曲事《ひがごと》をされたのです。なぜ、堂々と狂言師の言い分を聞いて、芸の上で黒白をおつけなされぬのか……」

血走った弥三郎の眼に、小左衛門のたじろぎが映った。

「貴方は二言目には狂言師風情と蔑んで仰有るが、狂言師のどこが卑しいのか。鼓打ちも狂言師も芸に魂を打ち込むに変りはない筈、昔、大御所（徳川家康）様は申《さる》楽《がく》の上手を呼んで馳走なされた時、給仕の小姓が申楽風情をと申すのをお聞きなされ、一国に一人の上手でも日本国中に六十六人、況《いわ》んや天下に幾人といわれる名人上手は稀である、芸に身分の高下はないと、きつくいましめられたとやら申します。

鼓打ちに名人はあってもお、狂言師に上手はないとお思いなさってか。十一年前に我らが父をあのような羽目に追い込んだのは貴方の芸が父弥右衛門に勝ったのではない。刀菊《とら》弥右衛門は申し分において破れなされた、貴方にではありませぬ、貴方の背後にあった御老中の力にお負けなされたのだ。それもあの折は時と場合、その場の成り行きの上から仕方がなかったものと仰有るかも知れません。なれど、此の度は違いましょう。明らかに貴方は御老中におすがりなされた。貴方は卑怯だ。卑怯者だ」

弥三郎は袴の膝を鷲摑みにして叫んだ。

「貴方は兄が怖かったのだ。刀菊弥太郎の申し分の正しさに気圧されて、老中の力にすがったのだ。勝負は兄のものだ。貴方は刀菊弥太郎に舞台の上で戦う前に、すでに負けたのだ……」

若い力が、圧えた語尾に燃えたぎった。

「刀菊流狂言師はたとえ上意であろうと、早鼓が鳴らぬ中は石橋の間《あい》は勤めませぬぞ」

叩きつけるように言って、弥三郎は席を立った。

音のない足音が玄関へ消えた。

ややしばらく経って小左衛門はついと庭に面した障子を開けた。

庭は雪であった。さらりとした細かな雪である。言いまくられた口惜しさで、小左衛門は眼が眩むようであった。雪の白さも、夜の冷たさも気づかずに立ちすくんだ。

「わしが卑怯者か……」

苦く呟きが口に出た。

己れの申し分を通すために老中の庇護を利用して狂言師の言い分を潰した。しかし、止むを得なかったのだと小左衛門は敢て思う。

「石橋」の間《あい》に早鼓を打たぬ、打つべきではないというのは太秦流鼓師の家の口伝であり、且つ小左衛門の信念でもあった。どんな事情にもせよ、その掟を破って早鼓を打ったとなれば鼓の道の乱れの基《もと》だ。鼓師として、「石橋」の間《あい》に早鼓を打つという前例は命を投げ出しても阻止しなければならなかった。同時に十年前の刀菊弥右衛門のような犠牲は二度と出したくなかった。「石橋」の間《あい》には早鼓がないものという定めを、この際、どうしても作っておかねばならない。そういうものだと狂言師にも納得して貰わねばならぬ。そのために利用した老中であり、頼んだ権力であった。

その心は小左衛門だけのものである。鼓打ちとしておのれが信念をまげないのと同様に、狂言師も亦、自分の主張を信じ、家の口伝のために戦うに違いなかった。

ふと、次の間の障子が開いた。

波野の白い顔がそっと立って夫により添った。

「冷えて参りました。お部屋へお戻りなされませ」

小左衛門は妻を見た。瞼が赤く腫れていた。彼は目を逸らせた。

漸くほころび初《そ》めた庭の臘梅《ろうばい》の蕾に粉雪が冷たく積っていた。

夫婦は殆んど同時に、たった今、去ったばかりの刀菊弥三郎の精悍な声と姿を思い浮べた。

「早いものでございますね。つい先頃、とんぼを追っている姿を見かけたものでございましたが……」

波野の声がしみじみと言った。小左衛門も腹の中でうなずいた。

(縛り首になろうとも、勝負は兄のものだ)

と叫んだ稚《おさ》な気《げ》な声が耳についた。

「まだ二十になるやならずでございましょうに……」

切なげに続けた。

「刀菊弥右衛門どのはよい御兄弟のお子を持たれてお幸せでございますね……」

子のない母の悲しみが語尾を這っていた。

「この年齢《とし》になって、今更、なんの愚痴だ。芸の家は芸の上手にこそ譲るもの、実子などは要らぬとかねがね申しておるではないか」

強く打ち消した心算《つもり》が、かえって虚ろに響いた。夫婦はたがいに支え合うように肩を寄せて白い夜を見渡した。

「芸とは……悲しいものでございますね」

しゅくっと小娘のような嗚咽が妻の唇から洩れるのを、小左衛門は老けた眼でみつめた。だが、その視線が床の間に置いた「梅ケ枝」の小鼓に戻ると、彼は背筋をぶち抜かれたような衝動から辛くも立ち直った。

（太秦小左衛門は鼓打ちだ……）

（御拝領の小鼓にかけても明日の石橋の間《あい》は負けられぬぞ……）

冷えが、彼の足許からひっそりとのぼって来た。

六

暁の光の中で釣瓶が上った。

若い二つの裸身に、雪を割った水が跳ねた。

薄明りの中で、弥太郎は弟の背をみた。

「長い間、こうして水垢離をとってくれたのだな……弥三郎……」

あっという表情になった弟へ、柔らかな微笑を投げた。

「知らずにいると思うか……」

弥三郎は眼を伏せた。兄の優しさが身にこたえた。

水しぶきが二つずつ上った。兄弟は同時に、流罪の儘八丈島に死んだ亡父を想った。十一年前の暁、こうして身を浄めて出て行ったであろう狂言師刀菊弥右衛門の姿を瞼に甦らせた。

「弥三郎」

身体を拭いて衣類を身につけながら、弥太郎は何気なく弟を呼んだ。

「俺は狂言師の意地を通す。だが、お前は狂言の家を守れ。よいな」

弥三郎は軽く首をふった。

「私もその時が来たら、必ず狂言師の意地をつらぬきます」

「しかし、それでは刀菊の家が絶える」

「大丈夫です」

白い歯で笑った。

「弥三郎は妻を迎えて子を産ませます。刀菊の血筋は絶やしません。子が、その孫が必ず狂言師の申し分を通しましょう」

兄弟はじっと眼を見合わせた。

登城の刻限が迫っている。


桟敷の後から、太秦小左衛門は舞台を凝視していた。狂言、「木六駄」であった。十二頭の牛を追って雪の山越えをする叙景を、追い竹一本で表現する狂言中でも至難な作であった。演者は刀菊弥太郎である。

凜と張った声と躍動する身ごなしを小左衛門は息を呑んで見惚れた。「老いの坂」での茶屋の主との問答も舞も、若い芸達者にありがちな気ばりも山けもなく、淡々と春風に遊ぶに見えて、異様な気魄が感ぜられた。

（貴様、死ぬ気か）

小左衛門は腹の底でうめいた。

彼も亦、父親と同じく「石橋」の間に命を賭けて狂言師の意地を貫く気に違いなかった。必死の意識を超えて捨て身になった人間の凄じい舞台が、小左衛門を次第に圧倒した。

「木六駄」が終った時、小左衛門は蹌踉《そうろう》とした足どりで控えの間へ戻った。慄える手で小鼓を取り上げた。馴れた調緒《しらべ》の紐の手触りが、小左衛門に鼓師の性根を呼び起した。

尾能《きりのう》「石橋」の時刻が来た。

シテ方から、

「お調べを……」

と型通りの挨拶を受けて小左衛門は他の囃子方と揃って楽屋を出た。

狂言師の控えの前を通りかかった折、襖が開いて装束を着けた刀菊弥太郎が出て来た。

二人の眼がひたと合った。弥太郎の瞳に炎がちらと燃えたかに見えたが、すぐに消えた。情念をふるい落した若い狂言師の体には芸に対するひたむきな情熱だけがきらめいていた。先に会釈したのは弥太郎の方だった。小左衛門は鼓に眼を落した。小柄な弥太郎の身体が、おのれの前を通りすぎてしまってから小左衛門は顔を上げた。

屈辱が、かっと頭に上って来た。

(俺は何故、眼をそらしたのだ……)

相手の会釈に対し、正視出来なかったのは心にやましさのある故ではなかったか……。

小左衛門は傲然と胸をそらせた。

(俺は俺の信念に生きて来たのだ。俺は、愧《は》じない……)

若者のような闘志が、彼の四肢を昂ぶらせた。

長袴の裾をさばいて、小左衛門は力強く鏡の間へ歩んだ。

石橋はとどこおりなく進んだ。

「暫く待たせ給えや
影向《ようごう》の時節も、今幾程に
よも過ぎじ」

観世若之丞の童子《シテ》が紺水衣の袖をひるがえして中入りするまで、桟敷正面の将軍家、御台所、その他居流れる諸大名はひっそりと鎮まり返っていた。

揚げ幕が再び上った。間狂言の出であった。無論、囃子はない。

だが、高々と上った揚げ幕の下はひそとして、人々が期待した狂言師は幕の内から一歩も出る気配がなかった。

重く、時刻《とき》が流れた。

十一年前と全く同じ結果が生じようとしている事実に関係者は戦慄した。

他ならぬ、上意による「石橋」である。当日の舞台に失態ある場合は、上意に逆《さから》うものとして斬首、とかねて伝えられているのだ。

小左衛門は眼を閉じた。先刻、廊下で行き合った時、弥太郎の眼は叫んでいた。

「刀菊流の狂言師は、早鼓が鳴らぬ限り、石橋の間《あい》は勤めませぬ」

じわりと小左衛門の瞼に沁みるものがあった。うっすらと開けた眼に膝上の小鼓の胴の絢爛たる梅の蒔絵が映った。老鼓師の脳裡に雪に埋もれていた庭上の梅の蕾が甦った。

(咲かずに散るか)

苦渋が眉間に拡がり、唇が歪んだ。

桟敷の片隅にひかえていた御係の大田備中守がすっくと立ち上って鏡の間へ向った。刀菊弥太郎をその場から引っ立てる決意と見えた。

小左衛門の眼が、かっと見開かれた。

(同じ散るなら、咲かせてこそ……)

浅黄の調緒《しらべ》をかけた小鼓が高くかまえられた。裂帛の気合と共に打ち出した鼓は、早鼓であった。ぎくと大田備中守の足が止った。刹那、二十四歳の狂言師は何のためらいもなく、長い橋掛りをするすると歩み出た。

「石橋」関係者の処分は上覧能から五日目に公けになった。

刀菊弥太郎は、前々より厳しく申し聞かせおきしにもかかわらず上意に逆い失態仕るは不届至極とて、斬首。太秦小左衛門は時に応じ、所を心得たる振舞なれば定めを破りたるもおかまいなし、と処断された。

罪が定って獄中に下りた刀菊弥太郎を、大田備中守がひそかに見舞った。

「観世をはじめ、大蔵、鷺などの狂言師の家からも、老中へ其方の助命の儀が懇願されておる。みすみす罪に斬るは惜しい芸と、大奥でも専ら取り沙汰されているとの事じゃ」

ひっそりと坐っている弥太郎の透き通るように白い横顔へ、備中守は暗い視線をなげた。

「だが、天下の御法は曲げられまい。昔、中国に於いて、蜀の諸葛亮は法を正すために泣いて馬謖《ばしょく》を斬ったという。芸の厳しさと同じく、法も亦、苛酷なものだ……」

落ちくぼんだ瞼の中で、弥太郎は涼しく微笑した。

「私の芸はもはや花と咲きました。心残りはござりませぬ」

結んだ唇が紅《あか》く、若い覚悟が匂うようだった。


弥太郎処刑の朝は、やはり雪が降った。

最後の別れに処刑場へ出かけようとしていた弥三郎の許へ、家人が一つの包を持ってきた。門前に雪をかぶって置かれてあったという。包の中から出て来たのは真二つに割れた小鼓であった。胴には蒔絵した梅の花がきらきらと光っていた。

太秦小左衛門と波野の姿は、その朝以来、江戸から消え、杳として、その行方は知れなかった。

ただ、小左衛門の居間の手文庫の中に残された太秦流口伝書の余白に墨の匂いの新しい数行の文字が認められていた。

「鼓師の意気地、狂言師の意気地、いづれもよき能作らんが為のもの也。囃子も間《あひ》も所詮は一つの能のためにこそ……」

正徳六年二月、紀州家に「石橋」の能を出す事があった。その時の大夫、徳田藤左衛門隣忠の手記は次のように語っている。

古来、石橋の間は早鼓にて狂言出し事なり、早鼓打てと囃子方に申し、囃子方よりは打ち申す例なし、石橋中絶せしものなれば打つ事ならずと申し、石橋大揉めになりし故、其時の御老中御評議の上にて、一度は早鼓なし、番手に致し相勤め候へと仰せ渡さる。夫より当時に至りても、石橋の間は番手替りなり。

つまり、早鼓と早鼓なしと代り代りに勤めたのだという。

近頃の石橋は半能で獅子の出から始めるのが専らしい。

狂言宗家

一

小机の上に算盤《そろばん》と金銭出納帳が一冊。

縁側へ出ると蟬が慌てて声を止めた。庭をへだてて、ロクロを廻す鈍い音が微《かす》かながら聞えてくる。佐伯慎吾《さえきしんご》がサンダルを突っかけて沓脱《くつぬ》ぎへ下りた時、離れ風に建ててある仕事場から老女中のよねが手拭を姉《あね》さんかぶりにして出て来るのが見えた。ロクロから下したばかりの泥茶碗を日なたに出した板の上へ幾つも並べている。

「おや、坊ちゃま、お帰りなさいまし。暑い中を御苦労でございました」

よねの古風な犒《ねぎら》いに軽くうなずいて慎吾は仕事場の戸を押した。

仕事場といっても、もともと物置だったのを改造した粗末なもので、内部《なか》は暗い。長身の慎吾が入ると急に天井が低くなった。

片隅でロクロが音を立てて回転し、その前の台の上に円座を敷いて晏斎《あんさい》が坐っていた。ぎごちない坐り方は足が悪いためである。大きな耳と、がっしりした胸つきは慎吾と変らない。粘土、竹ベラ、水を入れた壺、細工道具などが晏斎の周囲の、手のとどく限りの場所に雑然と並べてあった。

「只今、戻りました。これが三カ月分の利子で、こっちは江の島の方の……」

薄っぺらな紙封筒を慎吾は父親の膝前に置いた。晏斎が高利で貸している金の利息を月に一度、回収して歩くのが慎吾の役目になっていた。

晏斎は紙包みを一瞥し、ロクロを廻す手を止めると、よく光る眼で息子を見た。

「お前、遠藤公人《きみんど》に逢ったそうだな……」

慎吾の狼狽《ろうばい》を瞶《みつ》めたまま、重ねて言った。

「何故、お父さんに隠していた」

「そんな……別に隠すわけじゃ……」

口籠る慎吾の鼻先へ、晏斎はぐいと一通の封書を突きつけた。宛名は「佐伯慎吾」、裏を返すと「遠藤公人」と達筆な署名である。

「これは僕に来たものじゃありませんか。断りなしに封を切るなんて……」

「親一人、子一人の仲でも見せられんような手紙か……」

「そうじゃあないけれど……」

慎吾は白い頬を朱に染めた。厳しい芸の家に育って妙に分別臭く、老成した所のある慎吾だったが、感情に激すると十九の年齢《とし》がつい丸だしになる。

「僕も、もう子供じゃありませんから……」

「子供でないから、新演劇運動などといういかがわしい芝居に参加する約束をして来たというのか」

「別に……。ただ、お父さんはどう思ってるか知らないが、遠藤先生の理論はまやかしものじゃない、立派な筋の通ったものですよ。意欲にあふれた……。若い連中が先生に傾倒するのは先生の秀れた人格と、芸術に対する情熱に感動してのことです……」

関西の某財閥をバックにして演劇界の改革を叫び、歌舞伎、新劇、舞踊、能などの新演出を試みてジャーナリズムの話題を集めた遠藤公人の周囲には、何時とはなしに歌舞伎や各流の能、鳴物、狂言、長唄、清元、日本舞踊、新劇、それに大道具小道具などの若い専門家が集ってサークルを作っていた。

なにしろやる事が急進的だから、家元系の人間は敬遠したし、オーソドックスな立場の人々の顰蹙《ひんしゅく》を買ったりなどもしたが、若い人達にはその意味で人気があった。

彼を尊敬する立場の者からは教祖的存在でもある。

慎吾は眩めくような気持で封書を眺めた。豪放な文字が、書き手の性格を思わせる。半月ばかり前、京都の能楽堂で会った折の彼の風貌が行間の中に浮び上ってくるようであった。

遠藤公人は鼻の高い、額の秀でた精悍な体つきの男であった。かなり蒸し暑い日なのに、きっちりと背広を着、ネクタイをしめていた。演出家というからにはベレエにジャンパーという常識を迂闊に持っていた慎吾は初対面から気を呑まれた。

「たった今、船弁慶で君の間《あい》狂言を見た。是非、話したい事があるのだが……」

名刺と共に取り次がれた遠藤の言葉に、慎吾は不安と期待でぎくしゃくしながら、あたふたと船頭の衣裳を脱いだ。黒紋付に着替えて出て行くと、遠藤は愛想よく慎吾を能楽堂に附随《ふずい》している古ぼけた喫茶室に伴った。演能中の事で、客は窓ぎわに五十年配の婦人とその伴れらしい若い女の二人きりである。

「君は現在の狂言の置かれてる位置についてどう思うね」

挨拶抜きで遠藤は、のっけから浴びせた。太い、たくましい声であった。

「つまりだね。ぼんくらな能楽師の退屈な芸を有難がってみていた観客が、次に名人芸の狂言が始まると便所に立つ、煙草をふかす、雑談する。ひどいのになると舞台に尻を向けて挨拶をしている。狂言は能と能の間の休憩時間と心得ている奴が多い。こういう観客の不認識と、例えばギャランティの問題にしても能楽師と狂言師では大学出と小学校卒以上の差別がある。舞台上でも楽屋でも発言権についても、狂言師の立場というのは能発生当初、狂言方が能の座に従属した興行形態をとっていた事が今日まで尚、尾を引いている。これについて君はどう思う……？」

コップの水をぐいとあけて、遠藤はやんわりと慎吾の答えをうながした。

「それは勿論、狂言師として非常に残念な事だと思います。ですが……」

慎吾は絶句した。常日頃、触れまい、触れてはならないと禁じていた傷口を不意に引きめくられたような気がしたものだ。

遠藤は大きくうなずいた。

「それから先は言ってはならない、言ってもどうにもならないタブウだというわけだな。つまり君は狂言師でありながら現在の狂言師に絶望しているのだ」

言いかける慎吾を強引に制して、

「君の芸は陰気だな。神経質に過ぎる。本質的に狂言になっていないよ」

がらりと声の質まで変っている。

「船弁慶に於ける間《あい》の船頭、実に気魄《きはく》がある。波よ波よ波よ、のあたり見事な芸だ。一本の竿に大海のうねりを感じさせる表現力と熱意、それと君の内面的な憂いに僕はぞっこん惚れ込んだんだ。それだけのものを内蔵している君の個性と芸に対する情熱が充分に発揮出来るのは僕が主催する新演劇運動の舞台以外はないと、敢て断言する」

そして遠藤は秋十月に自分が演出する新作劇に慎吾の出演を望んだ。

「僕が見込んだからには必ず一流のスターに仕立てて見せるよ。新劇のSだって、舞踊のTだって、みんな僕があれまでに育てて売り出したんだ。まあ、まかせておいて損はない筈だよ」

いずれ細かな打ち合せは手紙で、と約束した遠藤の封書が漸く届いたものだ。秋の新作劇が芸術祭参加に決定したこと、出演者の重要なポストに慎吾を決定していること。遠藤の文章は簡潔でよどみがなかった。慎吾の指先が慄え、体を血が駈け上って行った。レターペーパーから外した息子の眼が父親の凝視《ぎょうし》とぶつかった。晏斎は新しい土に手を伸ばした。とってつけたようにロクロが廻り出す。慎吾は体をこわばらせたまま黙々とロクロだけを見つめた。奇妙な沈黙の中でロクロが低い音を立てる。一塊の土が廻るロクロと晏斎の指とで、みるみる茶碗を形づくって行くのは技術を超えた見事さであった。蜩《ひぐらし》の声が急に大きくなった。

戦時中に急性脊髄炎を患って下半身の自由を欠くようになった晏斎が狂言界を退き、若手狂言師として有望視されていた長男の新市が学徒動員のあげく南海で戦歿してから、佐伯家の経済は晏斎が輸出用に依頼されて彫る般若面や、趣味でやっていた竈《かまど》に茶碗、花器、皿などを焼くことと、目ぼしい財産を処分した金を高利で貸す事とで保たれている。

ふと、ロクロが止った。晏斎の太い指が出来上ったばかりの茶碗を摑み潰した。

「断るだろうな……」

きめつけるように言った。

「断る？」

「秋には〝釣狐〟の披《ひら》きというお前にとって大切な会がある筈だ。イカサマ芝居になんぞ出る暇はないよ」

「でも……〝釣狐〟の披《ひら》きは九月だし、遠藤先生の話は十月なんだ。こんな機会《チャンス》は二度とないだろうし、……やらして貰っちゃあいけませんか……」

おずおずと慎吾は父親の厳《いか》めしい肩の辺りへ問うた。

入口の戸が開いてよねが顔を出した。内弟子が稽古に来たという。止むなく慎吾は立ち上った。

一週間ばかり先に予定してある水道橋能楽堂での月例会に「内沙汰《うちざた》」という狂言を出す。ある男が参宮を思い立って女房を誘うと、女房は左近という男が同行するのなら嫌だと応える。つまり、左近は裕福で馬や輿に乗って行くであろうから自分達が徒歩で行くのはみじめで恥しいというわけだ。困った亭主は先だって左近の牛が我が田の苗を喰ったからそれを公事《くじ》に言い立てて左近の牛を取り上げるから、それに乗って行けばよいと説得する。女房は亭主が口下手で地頭の前へ訴え出ても満足に言えまいからとて、女房を地頭に見立てて亭主に申し立ての稽古をさせる。その結果、女房の地頭が左近の贔屓ばかりするので、てっきり女房と左近の間がおかしいと疑い始め、女房は腹を立てるといった筋の狂言だから最初から最後まで徹底した二人舞台である。稽古には自然、熱が入った。内弟子が帰ったあと、慎吾は昂奮の冷めないままに一人、稽古舞台に立った。唇から小舞《こまい》謡の「水車」が洩れる。

「面白や
　京には車、淀に舟
　桂の里は鵜飼舟
　宇治の川瀬にまわる水車

くるくる、くるり
これぞ輪廻《りんね》の小車《おぐるま》や……」

がらりと仕事場の窓が開いたのを、舞っていて気づかなかった。

「馬鹿者、扇が死んどるわい」

庭をへだてて朗々と響く狂言師の声であった。慎吾はあっと姿勢を崩した。仕事場の格子を打った窓の奥に、晏斎の目が青白く光って見えた。

二

青山高樹町にある河内家のくぐりを開けると、浴衣の裾をはしょった河内宗八が庭に水をまいていた。

「やあ、早かったね」

入って来た慎吾へ機嫌のよい顔を向けた。三十代の時「止動方角《しどうほうがく》」という狂言の後見を勤めていて、縫いぐるみを着た馬の尻の部分が綻《ほころ》びかけているのを発見し急いで楽屋から糸と針を持って来て馬が動きを始めない中に縫い合せようと試みた。ところが綻びが切れる程だから、布ははち切れんばかり、針は縫いぐるみの中の人間の腰をチクチク刺す。馬になった狂言師は痛いから腰をふる、それをドド、ドド、ドードーと言いながら強引に縫ってしまったという逸話の持主で、そうした生来の飄逸味《ひょういつみ》は今年五十九歳という年輪に独自の風格を滲ませていた。小柄で小肥りのせいか、十も若く見える。

「まあ、お上り、暑かっただろう」

親類同様の家であり、親よりも気安い小父さんだったが、五歳から手塩にかけてくれた師匠でもある。慎吾は折目正しく挨拶した。

「どうだい。鎌倉の方はちったあ涼しくなったかい」

浴衣の裾を下ろし、火のない長火鉢の前に坐りながら言う。

「いえ、変りません、東京と。蟬がうるさくてかないませんよ」

「そいつは売れ残りだろう……」

宗八はふワふワッと笑ったが、サイダーを運んで来た妻の安子を見ると、

「今日は慎吾にちっと難しい話がある。誰もこっちへ来んようにな」

語尾に厳しさがひそんでいた。慎吾は頭を垂れた。宗八が何を言おうとしているのか、慎吾には想像がついている。鎌倉の家へ呼び出しの電話がかかって来た時、すぐに思い当った。

（遠藤先生のことだ……）

問われたらありのままに自分の気持を訴える他はないと覚悟して来たものの、慎吾の頬は神経質に痙攣した。

「実は今月の君の会の事なんだがね……」

宗八はサイダーのコップを猫板の上に置くとゆっくり口を切った。

「僕の会のことで……？」

途惑った眼を上げて慎吾は鸚鵡《おうむ》返しした。

九月の第四日曜に、大曲《おおまがり》の観世会館を借りて狂言の独演会を催す。慎吾が主催する初めての会であった。

父親の発病、兄の戦病死という重ね重ねの不運の中で、とにかく一人前の狂言師として成長した慎吾の今日を祝い、激励する意味で独立した発表会を持たせようではないかという話が、父親の代からの後援者らと慎吾の師匠である河内宗八との間でまとまり、どうせやるなら先代佐伯晏斎から続いていて中絶したままの『花袖会』をこの際、復活させてはという案が決ったのは今年の正月であった。言わば九月に催される『花袖会』は河内流狂言師としての佐伯慎吾の御披露目《おひろめ》の公演でもあった。当日、慎吾は宗八の好意で「釣狐」を披く事になっている。

「む、〝釣狐〟にとんだ故障が入っちまった。親子三代、よくよく狐は鬼門らしいね」

蒼白んだ慎吾の額をみつめて、宗八は言葉だけ冗談らしく言った。

親子三代の鬼門、といった宗八の言葉が慎吾の胸に痛かった。

河内流と並んで由緒ある狂言の名家に加茂流というのがあった。

慎吾の祖父、先代佐伯晏斎は加茂流狂言師として芸に於いても、人気の点でも筆頭といわれていた。その祖父が加茂流宗家から破門になった原因が「釣狐」の無断上演である。

加茂流はその始祖を安土桃山期に遡《さかのぼ》る旧い家柄だが、縁あって加賀藩の扶持を受け加賀侯の京都に於ける御手役者として繁栄した。当時の大大名は殆んどが京都に能、囃子、ワキ、狂言方の役者を抱えておいたもので、表面《うわべ》は藩侯のお慰みという事だが、実は京都における各藩の動きや禁中の様子などを探る役目を帯びていた。大体、こうした役者筋の者は要路の大臣とも芸道上、心安く出来る便宜があるためスパイとしてはこの上もないわけだ。

ともあれ加茂流宗家は代々、京都に居住していたのだが、三条公や岩倉公の贔屓を受けて明治維新以後、加賀藩の扶持をはなれるとその儘、三条公、岩倉公の供をして東京に移った。当座は新政府の万事御改新の風潮に圧されて逼塞《ひっそく》していたが、世の中が落着くにつれ、かなり派手に活躍した。

加茂三左衛門は東京へ移住して二代目の宗家であった。芸風はむしろ地味で温厚な人柄だったが宗家としての矜持《きょうじ》は相当高く守っていた。佐伯晏斎は三左衛門の父親の子飼いからの弟子で、豪放な性格が舞台をも明るく華やかにした。実力から言《と》っても贔屓筋の評価も宗家より好い。三左衛門にしてみれば快い筈がなかった。年齢《し》も前後している。そんな感情の齟齬《そご》が明治四十年正月、横浜の素封家山科邸での祝宴に、晏斎が強《た》ってと懇望されて「釣狐」を演じたことで爆発した。

加茂流狂言の曲目二百五十余番の中、「金岡」「花子《はなご》」「釣狐」を称して三番大習という。位附《くらいづけ》からいうと入門済、小習い、中習い、一番習い、大習い、一子相伝といった喧しい習い事の中でも最も重い曲の一つで、殊に加茂流の口伝《くでん》に、

「狂言師の修業は〝靫猿《うつぼざる》〟の猿で初舞台を踏み〝釣狐〟の狐で終る」

といわれる程、大切に扱われているのが「釣狐」であった。芸の家の慣例として習い事はすべて宗家の許可を得なければ勤められない。

だが、佐伯晏斎の場合、すでに先代宗家の「釣狐」も何回となく後見をしているし、当代の宗家が披いた時はアドの猟師も勤めている。年齢から言っても、実力か

ら推しても当然披いてよい「釣狐」である。にもかかわらず三左衛門は許さなかったし、晏斎は敢て演じた。

その結果、宗家から能役者の主な家へ、

「同席同勤を用捨《ようしゃ》ありたし」

の通知状が廻った。

しかし、周囲の同情はむしろ佐伯晏斎らに多かった。能役者の中でも有力な家元系の人々が通知書を無視し、晏斎とそのグループを支持した。各演能団体や世間一般の評価も宗家側に厳しく、宗家は屏息《へいそく》状態となった。間もなく三左衛門が死んで息子の広方が跡目を継いだが、病弱でもあり宗家とは名ばかりであった。見かねて間に立つ人があり、若宗家の妹で十六歳になるいちという娘と、晏斎の一人息子、即ち慎吾の父親、二代目晏斎とを縁組みさせて、加茂流宗家の名跡を立てる相談が八分通り進んだが、若宗家の病死と周囲に反対する者が出たりして立ち消えた。もし、その話が成立していれば披露公演には「釣狐」を披くと定っていたものだ。

河内宗八が慎吾を前にして、親子三代、狐が鬼門、といったのにはそれだけの過去があった。

「本当の事を言えば今度の会で慎さんが〝釣狐〟を演《だ》すについては縁起をかついで

反対した人もあったんだが、晏斎さんが親子三代の執念のこもった〝釣狐〟だからどうしても慎さんに披かせたいと言われるんで、私も加茂流でやるわけじゃなく、河内流の私の家の型でやらせるんだからと納得したものだ。それを今になって晏斎さんは加茂流の型で披かせるという……」

「加茂流の……？」

慎吾は呆気にとられた。

「ですが、加茂流は事実上、絶家同様で流儀を伝える人もなく……ですから父は僕を河内流の家元にあずけたのではありませんか」

加茂広方が若死して、名実共に加茂流宗家は狂言界から姿を消した。門弟の殆んどが既に死んでいるし、存命の者は他流に移籍している。

「どういう量見なのか、私にも晏斎さんの気持がわからないが、とにかく晏斎さんは慎さんに加茂流宗家を継がせると、或る人を通じて私ん所へ言って寄こしたんだよ」

短い腕を組んで宗八は二分咲きの百日紅《さるすべり》に眼を逸らした。

「そんな身勝手な……」

慎吾は居ずまいを直した。

「自分の口から言うのも虚々《そらぞら》しいようですが、今日まで僕が舞台を勤めさして貰っているのは河内流の狂言師としてで、加茂流の血筋はこれっぽっちも僕の芸の中にありゃあしません。五つの年齢《とし》に弟子入りさせて頂いて、初舞台も披きも、全部お家元の世話でやって来ました。僕は河内流の狂言師です。加茂流なんぞ縁もゆかりもない。どうして僕が加茂流の宗家を継がなきゃならないんです」

正座した膝を摑んでいる慎吾の手がぶるぶると慄えた。

「慎さん、君は加茂流の宗家の血筋の人が京都にいるって話を聞いてないのかい」

百日紅に視線を止めたまま、宗八は穏やかに訊いた。

「知りません……」

「私も人伝てに聞いた話で確かかどうかは分らないが……。歿《な》くなった広方さんの妹さん、昔、君のお父さんと縁談《はなし》のあった人が京都の料理屋さんへ嫁入りしているんだそうだ。もう五十を過ぎていようが、加茂流宗家には他の血筋はないのだから、加茂流の名跡は一応、その人が預りの形になっているのだろうし、代々の口伝書《くでんしょ》なんかも持っている筈だ。だから、仮に晏斎さんに加茂流復活の意志があってその人と連絡を取っていたとすれば、今度の話はまるっきりの根なし草じゃないと思うよ」

「……」

「しかし……僕は……」

「まあさ、これは私の想像だが、仮にそうだとしても古い絶家した流儀を再興するのは決して悪い事じゃない。君の家と加茂流宗家との因縁から考えても、慎さんが加茂流を襲うのは至当だと思うな。慎さんはさっき、自分の芸に加茂流の血がまじっている筈はないと言ったが、あれは違う。確かに君は手ほどきから河内流家元の私が面倒を見た。だが、君の家は加茂流の狂言師の家だ。慎さんは晏斎さんが四十を過ぎてからの息子だから、親父さんの現役の舞台は憶えていないだろうな」

慎吾はうなずいた。父親が脊髄炎で倒れたのは二歳になった春であった。

「新市君の舞台は見てるだろ……」

「ぼんやりと……だけです。五つくらいでしたから……」

十七も年齢の違う兄であった。新市のあと二度ばかり流産していた母は、慎吾を難産して帝王切開のあげく死んだ。

宗八はしみじみとした眼で慎吾を見た。肉親に薄い弟子であった。

「慎さん、父親や兄さんの芸を見ていない、憶えていないからといって君が関係ないとは言えまいよ。君が鎌倉の家で稽古すれば当然、晏斎さんは注意もしたろうし、小言も言ってるだろ。それはやはり加茂流の狂言師だった佐伯晏斎という人間の智恵なんだよ。死んだ新市君にしたって二十二という若さで狂言界の寵児となった程の男だ。その芸の噂は私も君に話したし、他からも聞いてるだろう。慎さん自身、狂言師としての目標に天才といわれた兄さんを当てる事もあるだろう。慎さんの周囲には意識する、しないに関係なく加茂流の影響があるんだよ」

氷のとけたサイダーに唇をつけて宗八は苦っぽく笑った。明治生れの狂言師にしては珍しく一応の学歴もあり、戦前は依頼されて高等学校へ講義に行った事もある宗八の言葉は芸人らしさの中にも理が通っていた。

「晏斎さんが加茂流ってものに執着する気持もまるっきり分らない事もない。親父が破門になった当時も憶えているだろうし、それから先、随分と苦汁も嘗めて来てなさろう。まして働き盛り、芸に油の乗りかかって来た頃に現役を退かなけりゃならなかった。期待をかけた長男には死なれる。それだけに慎さんに対する愛着というか、希望は一しおだろう。それが親心というものさ」

ふっと頼りなげな眼を落した。

「だがねえ、愚痴かも知れないが小さい時から息子のような気持で育ててきた慎さんだ。今度の〝釣狐〟にしたって河内流じゃ家元にしか許されない真の型をすっかり君に伝えたし、家の口伝書も見せた。娘ばかりで当てのない河内流狂言の行く末を、慎さんさえその気ならと一人合点な夢をみていたんだが……いけないねえ……」

声を厳しく改めた。

「とにかく、晏斎さんがどうしても君に加茂流宗家を継がせる、花袖会の〝釣狐〟も加茂流の型で披かせるというなら、私は慎さんを破門する他はない。勿論、花袖会には遠慮させてもらうし、以後、家への出入りもお断りする。筋道の立たない事は私は嫌いだ」

「あなた……」

立ち聞いていたらしい安子が、たまりかねたように簾《すだれ》のかげから声をかけた。

「そんなこと、おっしゃったって……もう会までに日もないし、慎さん一人じゃどうしようもないじゃありませんか。花袖会の挨拶状だってくばってしまっていますし……今更、かわいそうですわ」

宗八はぷいと立ち上った。

「晏斎さんも狂言の家の人なら、私も狂言師のはしくれだ。曲ったことは通せないよ」

廊下に一足出てから、ひょいとふりむいた。

おどおどと成り行きを見守っている安子に、

「たまに来たんだ。慎吾にせいぜい旨い物を食わしてやれよ。わたしはちょっと出かけてくるからな」

常の笑顔だった。

三

鎌倉駅の改札口を出た時は九時を少し廻っていた。

有楽町のバアで無理に呑んだブランディが慎吾の体をけだるくさせていたが、心は酔えなかった。

「あんまりくよくよしないで……。お父さんとじっくり話し合ってごらんなさい。親子ですもの、お腹の底から話し合えばきっとどうにかなるものですよ。家元だってああはいっても慎さんが可愛くて仕方がないのだから……」

帰りがけに繰り返した安子の言葉を慎吾は何度か思い出した。

(分らないのだ……)

自分と父親との、親子の感情の微妙さは他人には想像も出来ないに違いない。慎吾は父親に対する自分の気持を突きつめて考える事が怖しかった。故意に避けていた。それが親子の間を一層、疎遠にすると分っていてどうにもならなかった。

四十余も年齢の開きがあること、母親のないこと、過去に秀れた長兄がいたこと、晏斎の不具など、悪条件が親一人子一人の間に立ちふさがっていた。

(独断にすぎる……)

と父を思う。

(加茂流宗家を継ぐなんて事は、俺の一生の問題じゃないか。何故、前もって一言の相談もしてくれなかったのか……)

(俺だって、もう子供じゃない……)

それにしても加茂流だの河内流だのと、古めかしい論争は真っ平だった。

(どうせ、俺は立派な狂言師になれる男じゃない……)

君は本質的に狂言師ではない、と断言した遠藤公人の言葉が不意に力強く胸に浮んだ。

「君に惚れた、君をスターに仕立て上げる」

遠藤の言葉は若い慎吾の魂を鷲摑みにするだけの毅《つよ》さと魅力があった。

(なにもかも、おっぽり出して遠藤先生の懐にとび込もうか……)

そのふんぎりがついたわけではない。

駅の売店でぎごちなく煙草を買った。花袖会の「釣狐」のために今年三月の稽古はじめから、酒も煙草も禁じてきた。その精進を今日は一切合財、ふみにじってしまいたかった。

一本をくわえ、マッチを擦ろうと足を止めた時、背後から女の声が掛った。

「失礼ですけど……佐伯慎吾さんでしょうか……」

考え抜いて漸くかけた言葉のようであった。意識して標準語を使っていたが、ニュアンスは関西のものである。

慎吾はその人を見た。

どこかで逢ったような、と思う。大柄な、グレイに白く菊を染めた単衣に、赤い絽《ろ》の帯を締めていた。服装の好みより若い。

慎吾が肯定の意味で立ち止ると、相手は更に緊張した表情になった。

「私、仁科葉子と申します」

名前に憶えはなかった。

「どうしてもお話ししたい事がございまして、お宅へ伺ったのどすけど、お留守でしたのでここでお待ちしてました……」

ひどく切り口上だった。

「それは……しかし、よく僕がお分りになりましたね。お目にかかったことはない筈ですが……」

慎吾は少しばかり気を呑まれて言った。

「直接、御挨拶申し上げた事はございませんが、他所ながらお目にかかっておりましたので……。私の方はよく存じています」

「他所ながら……？」

わからない、と慎吾は思った。

「家へいらっしゃいますか」

そう言わざるを得なかった。娘は、はっきり首をふって正面から慎吾の眼を捕えた。

「それより、どこか静かな、人のいないような場所でお話ししたいのです。うち、ちっと大きい声、出すかも知れへんで……」

終りにすらすらと京訛りが出た。慎吾の胸に閃くものがあった。

「いいでしょう」

先に立った。鶴ケ岡八幡の参道を社とは逆に歩くと鳥居がある。道は砂地で材木座の海へ続いていた。

シーズンは過ぎていたし、時刻も遅いので人通りは稀だ。

「お狂言みたいな古いことしてはると、人間の中身まで黴《かび》臭くなるものどすか」

松林を出はずれると、葉子がたまりかねた風に口を開いた。

「兄《あん》さんみたような男前やったら、なんぼ家元いう名の付録やって、うちみたいな乙御前《おとごぜ》と結婚することあらへんやないか。落ちぶれた家の娘やいうてあわれんでくれはるのか……」

感情が声に先走っていた。

「どういう意味です。貴女は加茂流宗家の……？」

慎吾は当惑しながら訊いた。耳馴れない京都弁でまくし立てられてはかなわないと思ったが、相手が加茂流にかかわり合いのある人間なら、どうしても聞かねばならなかった。父親がどの程度、京都の加茂流宗家と連絡をとっているのか、具体的な話はどうなのか、それがこの娘から聞き出せそうだった。

それにしても相手の言う意味は見当がつかない。娘は勝気らしい顔をふり向けた。

「うちのお祖母ちゃんの兄さんは確かにそんな肩書持っておいやした。そやけど、それとうちとはなんの関係もあらへん。宗家や、家元や言うても今どき、スイッチのこわれた電気釜みたいなもんやおへんか。それを買いたいとお言いやす。影も形もないようなもんをお金出しても欲しい言うのは物好きやから、なにもうちがごちゃごちゃいう筋はおへん。けど、こっちの足元へつけ込んで娘を嫁によこせ。そやったら名実共に宗家の血筋が立つやろとは、うちをなんや思うてますの。うちは犬の血統書とは違いますねん」

頰が引っつれたように歪んでいた。

「すると、僕の親父が貴女の家から加茂流の株を買って僕に宗家を継がせ、大義名分を立てるために貴女と結婚させようとしているというんですね……」

なにを今更という表情で、葉子がそっぽをむいた。

「それで分った。そうか、やっぱりそうだったのか……」

慎吾はうめきに似た呟きを唇で嚙んだ。

「その話、弁解がましいんですが、僕は知らなかったんですよ。実は今日、或る所から聞いて、父に真偽を確かめるつもりで帰ってきたところだったんです」

「話を進めていやはるのはお宅のお父さんどすえ、親子の間で知らん、といわはりますの」

冷たく葉子がきめつけた。蒼白い横顔は月のせいばかりではない。

屈辱が慎吾の足許から一気に駈け上ってきた。親一人子一人でありながら、知りもせず知らされもしなかった事実が、今更のように胸を突いた。恥しさで目が眩むようであった。

「僕が迂闊《うかつ》だったんです。貴女にまで御迷惑をかけて済みませんでした。真実、僕は知らされなかったんですが、父の非常識は僕にも責任があります。知らなかったで済むこととは思いません。わけがはっきりした以上、御返事は僕からお宅の方へします。僕は青臭い狂言師ですが、家柄を金で買ってまで一人前になろうとは思いません」

波の音に慎吾の声が激しくぶつかった。風が強くなっていた。潮の匂いも濃い。

「ほんまに、御存知なかったのどすか」

低く繰り返した葉子の声には僅かな疑いが残っていたが、調子はがっくりと落ちた。慎吾は眉をあげた。

「改めて、僕がお断りに伺いましょう。今夜は一応、家へ帰って父の気持を聞き、その上で京都へ行き、貴女のお祖母さんに御挨拶なり、お詫びなり申し上げます。お宅はどちらです？」

「木屋町どす。〝華《はな》や〟という料理屋ですよって、すぐ分る思いますけど……」

今度は葉子が慎吾の気魄に圧《お》されておどおどと答えた。

「京都から貴女は……。お祖母さんは御承知じゃないんでしょう」

「お友達の所へ行く言うて出て来ましたん。こういう事はうやむやにしたらあかん思いました……」

慎吾は行動的な相手を羨ましいと感じた。

「貴女は今夜、どうなさるんです」

自宅へは誘いかねた。これからぶつからねばならない父と子の醜い葛藤を他人の目にも耳にも晒したくなかった。慎吾のエゴイズムである。相手の困惑を察する余裕はなかった。

「うちはこのまま帰ります。京都のお店は、うちがいないと商売にならしまへん」

葉子はきっぱりと微笑を含んで言った。

「御家族はお祖母さんの他に……？」

駅まで送る心算《つもり》で歩き出しながら、ふと問うた。浜のにおいが迫ってくる。

「広島の原爆で、両親も弟も妹も……。うちだけ夏休みで京都の祖母の所へ来ていて、残されてしまいましたのどす」

真直ぐ正面を見た儘、葉子は少し強《きつ》い声を出した。弱味を見せまいと意識している。

暗い路を二人は黙りこくって歩いた。鎌倉の町の灯が見えた時、慎吾は十年ばかり前の夜、この路を泣きながら通った事を突然に思い出した。江の島の近くの或る人の家に、父が貸した金の催促に行かされた戻り道であった。相手は慎吾の父の貪欲と非情を口汚く罵《のの》った。

「自分の金を貸して約束した利息を取る。期限が切れ、催促するのが何故、恥しい」

恥しいのは返せぬ奴の方だ、と晏斎は叱ったが、「金貸し」の劣等感は長く慎吾につきまとった。

が、それよりも重く慎吾にのしかかっているのは、不自由な身体で面を彫り、茶碗を焼き、高利貸までして息子を育てあげた片親の愛情であった。有難い、済まないという子の立場は親への積極的な主張や反撥を根こそぎ奪い取った。それが心の距離を一層遠ざけた。

「宗家の株を譲り受けるって、父はどの位の御礼を払うことになってるんですか」

口に出してしまって慎吾は狼狽した。

「すみません。失礼な事を言っちゃって、ちょっと気になったもんですから……」

慌てて謝った。

慎吾が撤回した問いの意味を、葉子は別に解釈したらしい。俯向いて黙っていたが、

「よくは知らへんのどすけど、宗家の跡目を譲るということは、お祖母ちゃんにとって渡りに舟のようどした。お祖母ちゃんもかわいそうなお人どす。一人っきりの娘を嫁にやって、ずっと女手で商売してきはって身よりいうたらうち一人どす。それに二、三年前から店の方も思わしくなく、少しお金の要ることが出来《でけ》た所へ今度のお話がありましたよって……」

独り言のように続けて、言葉の暗さに気がつくと急いで変えた。知らず知らずの中に相手の同情を引こうとするような物腰になっている自分の卑屈さを、嫌悪するかのように首をふった。

「いやあ、うち新派のお芝居になる所や」

笑い捨てて葉子は突然な言い方をした。

「兄《あん》さん、おいくつどす」

面喰らいながら慎吾は応《こた》えた。

「十九です」

「そやったら、うちの方が年上や」

肩をすくめて又、笑った。

「けど、兄《あん》さん老けてはるわ」

駅であった。葉子は走って行って切符を買った。

「一人合点で出て来ましたよって、すぼっこなこと申しましたん、気い悪るせんといて」

「いや、来て頂いてよかったんです。そうでなければ、もっと大勢の人に迷惑をかけることになったでしょう……」

正直な気持だった。

会釈して改札を通った葉子が構内へ入る暗がりで一度ふり返った。光線の加減で彼女の眼がキラと光った。

（そうか、あの時の……）

鎌倉の町を歩き出してから、慎吾は声を上げそうになった。この夏、京都の能楽堂の食堂で遠藤公人に逢った時、片隅のテーブルからさりげなく自分を見ていた二人連れの女客の記憶を、慎吾は別れたばかりの葉子の上に探り当てた。

（すると、あの時、一緒にいた年配の方が先代の加茂流宗家の妹で親父と夫婦になる話のあったいちという人なんだろうか……）

お揃いのポロシャツを着た男女が腕を組んで慎吾を追い越して行った。

（ふん、狂言師の社会か……）

そこに生れ、そこに育ったことがひどく馬鹿らしくなった。

（俺はまだ若いんだ……）

四

内部《なか》は暗く、列車独特の匂いがした。

三等車の片隅で慎吾は窓に叩きつける雨足をぼんやりと見ていた。台風の前触れじみた風と雨が列車を包んで一緒に走っている。

眼に入る周囲も、慎吾の気分も救いようのない程、滅入っていた。

昨夜、慎吾が父の居間の障子を開けると、例によって晏斎の向っている机上に算盤と数字の並んだ帳面が見えた。

鼻の脇から口許にかけて、易の方では法令と呼んでいる縦皺がくっきりと刻まれている。意志の強さを現わす芸人の顔であった。算盤をはじく姿が不釣合である。

この家の収支はすべて晏斎が取りしきっている。見馴れた父親の姿だったが、浅ましい気がした。

慎吾をみると晏斎はいきなり言った。

「この前の京都公演の帰りは何故、急行で帰って来たんだ」

メモを突きつけた。慎吾の使った金は一カ月ごとに明細書を作って、父に報告する習慣である。先手をうたれて慎吾は口籠った。

「それは……。遠藤先生と話をしていて、一列車遅れたから……」

「馬鹿者が、くだらぬ事で時間を潰し、よけいな金ばかり使いよる。普通列車で帰れば九百五十円で済むものを急行料金だけ無駄な費《つい》えだ」

これみよがしにパチパチと算盤をはじいた。慎吾の頬に血が上った。

「爪に火を点すように吝々《けちけち》して貯めた金で、名前だけの家元を買うのは無駄じゃないんですか」

晏斎はじろりと息子を見たが、押し黙ったまま帳つけを始めた。つとめて感情を制しながら慎吾は続けた。

「お父さん、僕は今日、高樹町の師匠に呼ばれて行って来ました。何もかも聞きました。加茂流を継ぐなら、河内流からは破門だと言われました」

晏斎はふんと鼻の先で笑った。

「破門、結構だよ。加茂流の宗家を継げば河内宗八とは同格だ。なにもびくびくする事はない」

「よくもそんな義理知らずな……。高樹町にはこれまでどんなに世話になった事か。お父さんは河内流家元に僕の将来をあずけたんじゃありませんか」

「あずけたから取り戻すんだ。なにも河内流にお前をやったわけじゃない。恩は恩、義理は義理、だが、加茂流宗家の話は別のことだ……」

「お父さん……」

慎吾は叫んだ。もう自分が抑え切れなかった。

「お父さんは何故、僕に隠したんです。加茂流宗家の名跡を買うことを、どうして内緒になさったんです」

晏斎は動じなかった。

「別に隠していたわけじゃない。話が正式にまとまったら、ゆっくり話す心算《つもり》だった。修業中の人間に余計な事を聞かせて気を散らすまいと思った親の慈悲だ……」

「じゃあ、お父さんは話をまとめた上で、否応なしに加茂流宗家を僕に継がせる気だったんですね。一言の相談もなしに……」

「相談のなんのと小生意気に言うが、お前に流儀のことなど何が分る。断絶した名跡を復興するのは容易な業ではないが、とにかくお父さんはお前を家元にしてやろうと苦労してお膳立てをしているのだ。くちばしのまだ黄色いお前が何をつべこべ言うことがある。だまってまかせておきなさい」

「黙っていれば嫁の世話までして下さるというんでしょう。お父さんは時代を取っ違えちゃあいませんか。今時、家元だの名跡だのって幽霊みたようなものに金を出し、それで済まなくて、名分を立てるために宗家の血筋の娘を探し出して当人の意志も確かめずに結婚させようとする。それじゃ、まるで封建時代の政略結婚そのままじゃないか。僕はお父さんの傀儡《かいらい》じゃあない。第一、相手の人だって迷惑してるんですよ。金を用立てて、相手の弱味につけ込んで娘を人質に取るような非人間的な事が許されると思ってるんですか。高利貸なんぞしていると心までが金貸し根性に成り下るのか……」

晏斎の手から算盤がとんだ。慎吾の肩先をかすめて後の柱へ音を立てた。

「貴様、親に向って……それが父親に対する言葉か……」

眉間に青筋がふくれ上っていた。

「どこで話を聞いてきたか知らないが悪推量もいい加減にせい。親の心、子知らずとはお前のような奴だろう。芸もろくすっぽ出来もせんに口先ばかり達者になり居って……。家元は金で買えるが芸は買えんぞ。人の入れ智恵に踊らされる前に、少しはまともな狂言師らしい勉強をしたらどんなもんだ。お前の兄さんはな、九歳で〝三番叟《さんばそう》〟を披いて、先代の宝生先生から〝生れながらの狂言師〟の折り紙を貰った程の男だった。新市が生きていれば同じ加茂の宗家を名乗らせるにしたって、なんぼう苦労の仕甲斐があったか知れない。馬鹿息子を持って寿命を縮めるわい」

晏斎は鴨居を見上げた。そこには紋服姿の新市の写真が額に入っていた。慎吾の顔がくしゃくしゃに歪んだ。

（もう結構だ。これ以上、親父に妥協するのは御免だ）

口惜しさと情なさの中で慎吾は歯がみした。

「おっしゃる事はよく分りました。しかし、僕は加茂流宗家を継ぐのは嫌です。折角ですが断って貰います……」

「断れ……？　何を今更、親に指図する気か……」

「僕は金で買った家元になんかなりませんよ。息子を家元にしたかったら、あの世から兄さんを連れて来たらいいでしょう」

冷たく言い放った。

「出て行け。子とは思わん、恩知らずが……」

言葉のはずみであったが慎吾は立ち上った。ちらと鴨居の新市の写真を見、廊下へ出た。荒々しく玄関をとび出して行く慎吾の後を女中のよねのおろおろ声が追ったが、晏斎の居間の障子はひそと鎮《しず》まりかえっていた。

最終の夜行で、慎吾は大阪へ発った。

金はあった。先週、河内宗八と共にテレビで狂言を演じたギャランティを今日、高樹町で安子から渡されたのが思わぬ役に立った。

大阪は雨であった。風は昨夜からであった。駅の構内にある喫茶店で熱いコーヒーを啜った。食欲はまるでなかった。

慎吾は遠藤公人の事務所へ電話をかけた。この前、貰った名刺に印刷してあったものだ。

「先生はまだ来てはりませんが、夕方六時に事務所で人とお逢いになる約束がありますさかい……」

秘書らしい女の声だった。

六時十五分前に慎吾は梅田の小さなビルの階段を上った。突き当りのドアに「遠藤公人連絡事務所」と黒い文字がガラスに浮いていた。

遠藤に逢って、秋の新作劇に出演する話を受諾する心算であった。なんでもいい、今までと違った水の中で自分を叩いてくれる力が欲しかった。遠藤はいた。慎吾が入って行くと、やあと磊落《らいらく》らしく笑って椅子を勧めた。

「君、加茂流宗家を継ぐんだってね」

だしぬけだったので慎吾は慌てた。

「いえ、そうじゃないんです。その話は止めたんです……」

慎吾は吃り吃り説明した。遠藤は目立って不機嫌になった。

「なにも、そう固く考える事はないよ。そりゃあ狂言の家元なんてものは日本舞踊や能なんかと違って、家元の権力で莫大な収入が転がり込んでくるもんじゃないから、金をかけて名前を買っても馬鹿馬鹿しいようなものかも知れないが、持ってて損じゃなかろう。家元とか宗家とかいう名前は何と言っても世間の信用なり、注目される魅力を持ってるからね。だから、僕の演出する秋の公演には、なるべくそういう肩書のある連中を要所に使うよ。公演に箔がつくし、古い形式に閉じ込められている、もしくは古い習慣を利用している家元系の人間が、新しい企画に参加する矛盾に世間はまず喜んで喰いつくだろう。それが狙いの一つさ……」

外国煙草をふかしながら昂然と胸をそらす遠藤公人を慎吾は茫然とみつめた。

「君に出演を交渉したのも、君が加茂流宗家を継ぐという情報をキャッチしたからなのだよ。そうでもなければ君くらいのタレントはどこにだって転がってるからね」

出たければ、宗家の肩書を拾って来いと言われたも同然であった。慎吾は椅子を立った。

宗家の肩書がなければ三文の値打もないとはっきり言われて返事も出来なかった自分が腹立たしかった。

(狂言師をやめよう。俺には芸の素質なんかないんだ。芸の世界はもう嫌だ)

己れの甘さ、弱さを省みる事が出来なかった。感情に押し流された。先の当てもない。考える気力もなかった。

(とにかく京都にだけは行こう……)

仁科葉子との約束があった。それさえ済めばどうなってもいいような索寞《さくばく》とした気持だった。

漸く小止みになった雨の中を、慎吾は京都へ向った。

五

昨夜の風の仕業らしく、吹き散らされた落葉の上に小さな表札が落ちていた。「佐伯」の文字の墨が雨に滲んでいる。

河内宗八は拾い上げて門の上に乗せた。玄関の戸を開け、案内も請わずにすたすたと晏斎の居間へ通った。床の間のテレビのスイッチを入れ、勝手にダイヤルを合わせた。アナウンサーの顔が消え『狂言、庵《いおり》の梅』のタイトルが浮んだ。

出演者として河内宗八、佐伯慎吾、その他数名の名が順次に紹介され、鏡板の能舞台が写し出された。中央に紅梅の造り物と、その後側に藁屋が引き廻しと呼ばれる幕を垂れていた。橋掛りから美男かつらをつけた狂言の女たちが縫箔に四寸幅の女帯を前で結んで登場した。

美男かつらというのは一丈六尺の白麻で頭を巻き、耳の辺りから垂れた左右が帯にはさまれて、端を両手で摑む型の狂言独特の扮装であった。

巻き方は流儀によって異り、眉を露《あらわ》すのと隠すので娘と女房の識別がつく事になっていた。

藁屋の引き廻しが落されると、花帽子に「御寮《おりょう》」の面をつけたシテの老尼が姿を現わす。

住吉の里に住む女たちが、辺り近い尼の庵を訪ねて梅見にくる。庵主を呼び出し女だてらの酒宴が始まり、謡いつ舞いつ興に乗じ尼も昔を偲《しの》んで一さし舞う。やがて日も傾き、帰り行く女たちに老尼は惜しげもなく梅の枝を折り与える、といったさらりとした曲ながら、枕物狂、比丘貞と並んで狂言の三老女物と呼ばれる大曲であった。先週、日本の芸能を紹介するテレビ局の特別番組に出演した録画である。

「見たかい」

スイッチを切ると始めて宗八は晏斎の前へ来て坐った。晏斎の膝の辺りには木屑が散っていた。面を彫っていたものである。

「あんたと一緒に見たいと思って間に合うようにやって来たんだよ」

宗八はよねの持って来た茶碗をすぐ手に取りながら言った。

借金の抵当《かた》に取ったテレビだが、晏斎は殆んど自分からスイッチを入れようとしなかった。

「協会の方からの斡旋で古典紹介のプログラムに入れたいから是非ってんで写して貰ったんだが……やっぱり思った通りだったよ」

晏斎は無言で宗八をみた。何年ぶりかで不意にやって来て勝手にふるまい、勝手に喋り出した宗八の本心を計りかねて用心している風であった。

彼の来訪がテレビを見せるだけの目的でない事は明らかだった。晏斎の方から宣戦布告をしているのだ。晏斎は相手の出ようを待った。

「テレビなんてもんが流行り出して歌舞伎だの、能だのがどんどん中継される。私ぁそいつを見てて、こりゃあとんでもないことになったと頭を抱えていたんだ。歌舞伎の様式美だの、能の幽玄なんてもんはテレビで紹介される限りお客様には愛想をつかされる。こないだもね、四谷怪談の中継を見たんだけど、最も凄い筈のお岩さんの髪すきの場面で笑っちゃうんだね。顔の造りのつなぎ目がはっきり判っちゃうんだ。うすどろが鳴ったって、戸板が引っくり返ったって、蛍をとばしたって小道具の手の内がすっかり見えちまってる。怖くも美しくもありゃしない。能だってそうだよ。面《おもて》を切って見せる表情だの、翳だのってのは能楽堂の舞台ならではの話で、テレビに写った面《おもて》なんてもんはグロテスクにしか見えっこない。といってテレビを怖がってたんじゃいけないと腹を据えて私は私なりの工夫をしたつもりだったが、まるでいけないね」

宗八は語尾を落して縁側へ視線を流した。しまいそびれている簾《すだれ》の裾を夜風が嬲《なぶ》って吹く。

「六十年も狂言の飯を喰い、鏡板の空気を吸って来た私の芸より、半分にも、三つ一つにもならねえ慎吾の方が四角い、狭っこいテレビんなかでずんと生きてやがる。あいつはちゃんとそれを計算してやってやがる。一つには若いって事なんだね、どんな怪物にもびくともしない。自然に溶け込んじまう……。私ぁテレビなんてもんが幅をきかし出すと、一生かかってコツコツ芸を積み上げてくような根気を若い者《もん》が持てなくなるんじゃないかと心配してたが、そうじゃなさそうだね。慎吾の芸は器用って方じゃない。だが、一皮むけたら、あいつのぶつかってる壁がふっ切れたらいい芸が生れてくると、私は楽しみにしてたんだ。テレビはあいつが無意識に持っている狂言師の土性っ骨をはっきり写してくれたじゃないか。取り越し苦労なんざするもんじゃないね」

呟いて、宗八は嘆息をついた。

「あんたは河内流宗家という家柄に育った幸せ者だからそんな御託が並べられるのだろうよ」

聞きたくもないと晏斎は露骨に眉をしかめた。宗八は何気なく問うた。

「慎吾は出かけてるのかい」

昨日の今日である。家の中の奇妙な空気に宗八が気づかぬ筈はなかった。

「親不孝者が、馬鹿ばかりし居って……」

吐き出した語尾が荒々しかった。

「慎吾は大阪へ行ったよ。あいつは遠藤なんていう怪物にとっつかれたんだ」

宗八は目を剝いた。

「それで、あんたは放っとく気か」

「あいつには私の気持が分らんのだ」

晏斎は膝前の木屑に虚ろな眼をなげた。

「あんたは私のやりくちをどう思ってなさるか知らないが、私はただの思いつきや欲で加茂の宗家を慎吾《あれ》に継がせようとしたのじゃない。私の親父は喧嘩別れをした後に宗家が絶家してしまったのを死ぬまで苦にしていた。恩を受けた家を自分が潰したように考えていたし、滅びた流儀に済まながっていた。その子の私は宗家のない流儀の狂言師のわりの悪さ、頼りなさを一生背負って苦い汗を呑んだ。働き盛りに足がきかなくなって舞台を勤められなくなったって何の生活の保証もあるこっちゃないんだ。芸のために、狂言のためにどれほどの功労があったって、使えなくなった狂言師なんざ要のこわれた扇同様だ。私が慎吾に宗家の肩書をつけてやりたかったのは、その肩書が物を言う世界だからこそだ。あいつ一人じゃ出来ないことも宗家の肩書ならやれるかも知れない。贔屓が頼りだけのみじめな狂言師の生活をあいつの智恵がなんとか解決してくれるかも知れない、私はその土台を作ってやる気持だったんだ。一つには滅びた流儀に対する私と親父と二代重なる執着もあった。どんな事をしても慎吾に加茂流の〝釣狐〟を披かせたい、私と親父とが披けなかった〝釣狐〟だ。その気持をあ奴は足蹴にして出て行ったんだ。不肖の伜とは知っていたが、あれほどの大馬鹿とは思わなかった……」

晏斎はそれだけが救いのように、新市の写真を見上げた。宗八の眼が追った。

「慎吾はいつ頃、遠藤に逢ったんだ」

別に訊いた。

「先月らしい。遠藤は慎吾に言ったそうだ。能楽堂の客が狂言の時間を休憩と心得て便所へ行ったり、雑談するのを狂言の社会的位置が低いからだとさ」

「そりゃあ、狂言師仲間でもよく聞く」

「私は慎吾に言ってやった。客が席を立つのが嫌なら、席を立たせないだけの狂言を見せたらいい。中途半端な芸しか見せられない癖に頭ばっかりでっかくなる。芸は理屈じゃないんだ」

宗八は遠い眼をした。

「慎吾は狂言師を止めると言ったかい」

晏斎の頬がぴくりと動いた。

「どの面《つら》下げて……」

声が喉に絡んだ。

「大阪くんだりまで恥をさらすからには、今更狂言師か。止めるのが当り前だ」

憤りの底を痛みが走っていた。慎吾が家を出て以来、ぽっかりあいた心の傷口を、晏斎はぎしぎしとえぐった。

「私はそうは思わない……」

宗八は鴨居から眼を放した。

「あいつが狂言師を止める時は、あれの息の根が止まる時だ。迷っても、苦しんでもあいつは狂言師だ。私は慎吾に謝ろうと思うのだよ。慎吾が加茂流の型で〝釣狐〟を披くなら私の流儀から破門するって言ったことを、あいつに詫びて取り消すのさ。型もへちまもあるものか。〝釣狐〟は狂言の〝釣狐〟だ。慎吾は俺が育てた狂言師だ。加茂流も河内流もあったもんか、流儀や家柄にこだわって狂言師が狂言の息を止めちまったらどうなるんだ。狂言師が狂言を守るためには昔の掟も、芸人の意地もぶち破る。私は大阪へ慎吾を迎えに行って来よう。首に綱をつけても連れて帰ってくる……」

晏斎をまともに見た。

「父親のあんたは死んだ子の年齢《とし》を数えていなさる。私は生きてる慎吾の年齢《とし》を知ってるよ。私は行ってくる。遠藤公人と対決しても慎吾を取り戻してくる。新しい狂言のために慎吾はどうしても必要なんだ。人は大根といおうと私はあいつの芸根性が死にもの狂いになった時の毅《つよ》さを知ってるんだ。慎吾は帰ってくる」

底力のある声で繰り返した。

「あんたには不肖の子でも、私にとっては大事な狂言師だ。捨てるというなら拾わして貰いますよ」

宗八は来た時と同じように辞儀なしに去った。

晏斎は身動きもしなかった。放心した眼に庭の闇がどこまでも暗かった。

(死んだ子の年齢を数えて、生きている子を見失った……)

木屑を払いのけた。木の片の散っている真ん中に七分通り出来上った面《おもて》があった。狂言の狐の面である。「釣狐」の前ジテに用いる「白蔵主《はくぞうす》」の面には家伝の妖気漂う、風格のある古面があったが、後ジテの狐の面は気に入ったものがなかった。どこの流儀にあるものも犬をモデルにしたらしい愚作が多くてよいものは伝っていない。

慎吾の抜《ひら》く「釣狐」に、晏斎は親子三代の祈りをこめて、狐面制作の鑿《のみ》を下したのだ。慎吾が去ってからも鑿を取る手は止まらなかった。

ほろほろと晏斎の膝に木屑が落ちた。

（慎吾……）

こぼれ落ちる木片に涙が滲んでいた。

六

同じ夜を、慎吾は仁科葉子と、彼女の家の茶の間に坐っていた。

「まあ、慎吾はん……」

木屋町の店先に立った慎吾を迎えた葉子の眼には驚きと親しみが溢れていた。

「お祖母ちゃんはちっと用足しに出てはりますけど、じきに戻ります。まあ、お上りやす」

通された茶の間にテレビが映っていた。狂言「庵の梅」である。

葉子は茶を入れるとそのまま黙って画面をみつめている。慎吾は見ようと思わなかった。

（過去の世界になにを今更……）

他人の家のテレビである。切ってくれとは言いかねた。腹の底を見透かされそうで嫌だった。

画面は暗く、見にくかった。慎吾はいつのまにか喰い入るように見た。造り物の藁屋の屋根に挿した紅梅、白梅も、美男かつらをつけた女達の縫箔の色も、御寮《おりょう》の面の暗い匂いも、慎吾は身体中で感じ取った。クローズアップされた画面の中の慎吾の衿の辺りには汗が光っていた。師と先輩の間に入って力一杯に演っている自分が、腹立たしいまでになつかしかった。

里の女達が梅を貰って橋掛りへ去ると、シテの老尼はちんまりと藁屋の中に坐った。シテの体を孤独が取り囲んでいた。

刹那、慎吾は全身に父を感じた。仕事場の隅にひそと坐っている晏斎の孤影が鮮やかに瞼の裡をよぎった。慎吾は歯を喰い縛った。

店の方で呼ぶ声がした。葉子がそっと立って行く。思い切って慎吾はテレビのスイッチを切った。

廊下に気配がした。葉子が戻って来たと思った。

「おそなはりました……」

簾戸の外の声は、はんなりした年寄りのものである。

「ごめんやす……」

老婦人はそっと部屋へ身体を入れた。軽《かろ》い身ごなしが慎吾の眼に残った。固くなって慎吾は坐り直した。

「お初に……。うちが仁科いいちどす」

六十には見えなかった。白い細面の、如何にも京女らしい柔らかな雰囲気が、鶯色の単衣《ひとえ》を包んでいた。

「えろうお待たせして済んまへん。お見えにならはっていると知ったら、もっと早うに戻ればようおした……」

挨拶も柔らかかった。慎吾はぎごちなく頭だけ下げた。

「慎吾はんのお気持は昨日戻った葉子から聞きました。若いお方の御心いうもんは正直むずかしいもんや思いました。いえ、皮肉いうてるのと違います。それに、葉子がなんや無作法なこと言うて参りましたとやら、ほんまに申しわけもおへん。さぞ気イ悪うなすったやろと、うちからもお詫びさして貰います」

「いえ、僕の方こそ本当に御迷惑をかけて済みませんでした。父は御存知の通り、身体を悪くしておりますので考えも一徹で……。失礼はどうぞお許し下さい。流儀のことも御好意は有難いのですが、今の僕には狂言師を続ける気もありません。改めてお断りに参ったわけです」

いちはまじまじと慎吾を見た。

「お狂言を止めはる言われますか」

「僕は自分の才能にみきりをつけたんです。所詮、僕は芸の家に生れる人間じゃなかった……」

慎吾は眼を伏せた。

「一つだけ聞かせて貰います、慎吾はん、あんた、狂言を嫌いにならはりましたか」

「嫌いです。大嫌いだ」

叫んだ声が泣くようだった。いちはふっとはかなげに息をついた。

「そやったら、その事はもう……。年寄りの一人合点どしたなあ、どうぞ堪忍《かに》しておくれやす……」

頼りなげに強いて微笑した。

「葉子のことにしても、子供の時から育てた孫どすさかい、あの子の事は何もよう知っている。あれもうちの気持は分っているものとばかり思うてました。けど、ほんまのところ、うちの思い上りどした。若い人の気持いうたら手応《てごた》えのないものどす。大事に抱きしめているとばかり思うてる中に、ひょっとどこぞへとんで行ってしまう。追うても追うても追いつけんもんどす」

盆棚の上から夏茶碗を取り、棗《なつめ》の中の抹茶を移した。茶杓の細い先が小さく動いた。

「過ぎた事をいうても仕方おへんが、今度のお話も始めはほんまに優しい、きれいなもんどした。慎吾はんのお舞台を拝見さして貰うて、うちは懐しゅうおした。お若い頃の晏斎はんそっくりの身体《からだ》つきなり、お声なり、昔を今に見る心地どした。このお人に加茂の流儀を継いで貰うたらと真実、嬉しゅうおした」

白いガラス鉢に氷を浮かした水を、竹杓子に汲んで茶碗にあける。茶筅のさばきがさりげなかった。淡い緑色の泡が細かい。

「晏斎はんとお話が進むにつれて、仲に入ったお人の口から家の店の内緒が知れ、それやったら息子の将来を思ってしんどい思いをして貯めたお金を融通してあげようと言うておくれやした。結果は同じことかも知れへんが。最初《はな》はほんまに家柄を金で売るの買うの言うものやおへんのどした。そんな中に慎吾はんのお人柄、お噂など他から聞くやら、舞台を見るやらしていると自分の子のような気イさえして、いっそ葉子を貰うて頂けたら、と夢のような心算で申しましたのが浅はかどした。親いうもんは阿呆どす。いつのまにか自分の夢に自分で溺れてしもて……。若い人に腹を立てられて、そやったかと慌ててもやっぱり一度見た夢が忘れられんのどす。愚痴どすなあ……」

いちの声は濡れていた。

是非、泊って行ってくれというい<ruby>ち</ruby>の言葉を慎吾は強引にふり切って出た。逃げるように歩く。いちの言葉の柔らかさが慎吾をまるっきり意気地なくしていた。

雨上りの夜道はしっとりと黒い。月明りだった。

道の行く手に人影が浮んだ。

「慎吾はん」

葉子だった。

「驚きはった。近道してきましたん……」

肩で大きく息を切りながら浴衣の胸をおさえた。

「いやあ、そんな顔しはって……。狐の化けたのと違いますねん」

加茂の流れが近かった。葉子は唇だけで笑い真面目な眼をした。

「お祖母ちゃんの言伝てどす。要らぬ年寄りの差し出口かも知れへんが、お狂言のことだけは思い切らんとおくれやす。軒先のいざこざで母屋まで捨ててしもうたら、きっと後悔する時が来ます。そう言わはりました……」

右手に下げてきた細長く紙を巻いた杖を差し出した。

「少林寺さまから切って来た竹どす。これを持ってお祖母ちゃんは東京へ行かはる気どした……」

「釣狐」の前ジテの白蔵主がついて出る竹杖は、堺の少林寺の白蔵主稲荷の藪から切って来た竹を使うという伝えがある。最近はあり合わせの竹で勤める狂言師が多かった。

「それと、これを……」

袱紗《ふくさ》包だった。

「お祖母ちゃんの真心どす。お役に立てば……。うちも思います。ふみにじらんとおくれやす」

葉子は深か深かと頭を下げた。

「気イつけてお帰り……」

下駄の音を残して去った。

慎吾は袱紗包を解いた。古めかしい和綴《わとじ》の上書きは「加茂流宗家、釣狐口伝書《くでんしょ》」他見を禁ず、と朱書が横にあった。

内《なか》を開ける勇気はない。顔を上げた。葉子の後姿はもう遠い。ひっそりしたなで肩を想った。

川岸に尾花が群れている。薄《すすき》の穂の中に慎吾は「白蔵主」の面を見た。幻覚であった。眼を閉じたが消えなかった。狐の化した白蔵主は杖を曳き、眉間に三日月を描いた頭巾をつけて前屈みに薄を分けて行く。

(腹の力を抜け、肱《ひじ》を張るな……)

父の声か、河内宗八の声か、慎吾は耳の底に聞いた。

体中から音をたてて燃え上ってくる狂言師の魂の炎と、慎吾は真向からぶつかった。

夜の中に、慎吾の黒い長身は凍りついたように動かなかった。

あとがき

ここに集録されている作品は、私が小説を書き出した最初のものばかりである。表題にした「鬈師」が昭和三十四年上半期の直木賞を受賞して、その受賞第一作が「狂言宗家」である。それ以前に、私は発表、未発表を問わず、短篇を五つしか書いていない。

その中の三つが「つんぼ」「神楽師」「狂言師」で、当時の私は作品の上でも精神的にも稚《おさな》すぎるまま、作家という肩書で呼ばれるようになってしまった。

作家としては大変な幸運が、一人の娘としてはこの上もない重荷であった。もし、私に長谷川伸、戸川幸夫という二人の恩師がなかったら、平岩弓枝という作家は、とうの昔に消えていただろうし、誕生もしなかっただろう。

ものを創る、書くということの重荷に辛抱が出来なくなり、泣き顔をした十年前、恩師、長谷川伸先生はこうおっしゃった。

十年待とう。十年の間に、君は人知れず、一人前になっていなければいけない。人に知られぬ中にだよ、と。

その十年の中に恩師も、恩師の奥様も逝かれてしまった。その恩師が私に書いて下さったものが二つある。一つは直木賞受賞の時にお祝いに頂いた色紙であり、もう一つが「鬘師」がはじめて一冊の本になったときの序文である。これは私にとって生涯の宝物である。天上の恩師にお許し頂いて、その序文を左に転載させて頂こうと思ったのは、恩師、先輩に手をとられ、はげまされ、文学に精進していた二十代の自分の姿がなによりもはっきり浮び上ってくるからである。まじめで、がんばり屋で、向う気が強く、まるっきり子供の当時の自分が恥かしく、なつかしい。ともあれ、この五つの作品が、私の青春のすべてであった。

序文

長谷川　伸

今年の六月であったろう、私が平岩弓枝君に、「ここへ来るようになってどのくらいになる？」と聞いたら、すぐさま答えた、「一年と三カ月になります」この答えの前にも後にも、「ええエ」とか「あのウ」とかいうのが付いていない。そして云いタシた、「おぼえ良いのです、先生のお誕生日に初めて会へ出していただいたのですから、計算がすぐできます」

平岩弓枝君が私たちの勉強と錬成の会へ、戸川幸夫君の推挙と保証と、勉強仲間の諸君の賛同とで、初めて仲間に加わったのが新鷹会第百五十回の日である——月一回の会なので、百五十回というと年月久しい会である、又、平岩君は別に二十六日会という、いろいろの戯曲研究にも加わっている——新鷹会のその日は私の七十四歳の誕生日であったのである、詰《つま》り平岩君は初めてきて、茶巾ずしか菓子か、自祝の意味で出した何かを食べるのにブツかったのである。「おぼえ良い」に違いない。

私たちが平岩君の作品をはじめて聞いたのは、『戻り橋』（六十枚）であった。試作品らしい試作品なのでこれは褒められなかったが、例によって改修のための資料がたれ彼から提出された。

その翌月の会で彼の女が読んだのが、『神楽師』（九十七枚）で、『鏨師』の前提をなすもので、最早このときは試作の域を迴《はる》かうしろに追いやっていた。平岩君というコはそういうコなのである。

私は私の序文の中に次の一文を収録して置きたい。願わくばこの本の中のどの一篇かを読んだら、次の彼の女の筆になる、直木賞にはいったその日の事どもを読んでいただきたい。

その日の三時間

平岩弓枝

迂闊なことだが、その日が芥川賞、直木賞の選考委員会の当日だということを私はまるで知らなかった。とにもかくにも自分の作品が候補に上っていながらとぼけるのもいい加減にしろ、とお叱りをうけるかも知れないが、その前の新鷹会の帰りがけに長谷川伸先生から、少しでも期待する心があると落ちた時につらい思いをするから……とお心遣いを頂いて、夢にも思いません、と真底から申し上げた心算だったし、戸川先生をはじめ諸先生からも候補になったという事だけで、おめでとう、よかったねと喜んでいただけた。気の早い友達は候補になった事に対するお祝いをプレゼントしてくれたし、そんなこんなで私は候補にして貰えたことを手放しで嬉しがり、それで憑き物が落ちたような、すべてが済んでしまったような錯覚を起してしまったのだ。

おまけに先生は労ワリのお気持からであろうし、私の周囲は気づかない儘に、どなたも私に七月二十一日が選考の当日であると教えて下さらなかった。

私は深川の稽古へ出かけていた。親友のアコちゃんと午後からずっとラチもないおしゃべりをしていて、そのまま踊りの稽古場へ、途中、彼女が夏靴を新調するというので新橋のクイーンという靴店へ寄っている。アコちゃんは身だしなみよくワンピース、私は漫画のプリントがひどく気に入って、もう五年越しも後生大事に着続けたブラウスにサンダルばきという恰好だった。暑い日なのである。

西川鯉男師匠の家につき三升の浴衣に着かえた。帯をしめる時、それが習慣で、帰りになにを食べる？　とアコちゃんに訊いた。いつもは何が食べたいとはっきり応じる彼女が、その日に限ってなんでもいい、と言った。

師匠が座布団に座って、私とアコちゃんとは舞台に上ってお辞儀をした。稽古はじめの礼儀である。とたんに電話のベルが鳴った。女中さんが出て、私を呼んだ。受話器を取ると女の人の声でフジテレビからだという。

「何時頃までそちらにいらっしゃいますか」

と丁寧に訊かれた私は、そこで初めて現在新橋の料亭で選考会が開かれている事を知った。

「もし受賞なさったら、うちの番組に出演して貰いたいのですが……」

という相手の方に、私は思わず、

「私はとても……今度は駄目なんです、まだ無理なんです……」

と甚だ奇妙な弁解をしどろもどろになってくり返した、ひどく恥かしかった。電話を切って、心配そうなアコちゃんに言ったものだ。

「いやだなあ、候補になっただけなのに……」

「ひやかしてるみたいね、どっちみちうかりっこないと定ってんのに……」

彼女は真面目にフンガイしてくれた。そんな事、気にしないで稽古をしましょう、と言ってくれる。私はいそいそと扇子を拾って立った。とたんに又ベルが鳴る。今度は文藝春秋新社の方からだ。私は殆んどベソをかきそうになった。何時までそこにいるか、という。最後まで私の「鏨師」が残っているときかされた。まだお稽古が終らないから、あと一時間はいます、と答えて、私は長谷川先生のお言葉を胸の中で呪文のように繰り返した。

「お前さん、ひょっとするとひょっとするんじゃないかい」

鯉男師匠が仏壇の前へ行って、チンと鉦《かね》をならしてお辞儀をした。アコちゃんもそれにならって手を合せた。ふり返って私を見、

「あんたは駄目よ。おがんだって入りやしないんだから……」

笑った言葉に、私は彼女の思いやりを痛い程に感じた。

「大丈夫よ。まだ早いんだもの……」

師匠と弟子と、三人そろって舞台へ戻った。鯉男師匠はそわそわしていた。

「いやだなあ、俺の方が落付かなくなっちまった……」

時計を見る、七時半。

「稽古しようか」

アコちゃんと私は再び位置についた。師匠が三味線に手をのばす。ベルが鳴った。

私は声が出なかった。ハイという返事すら出来ない。

「しっかりしてよ。あんたったら、どうだっていうの……」

「おい、入ったんだろ、おい、そうだろう……」

師匠とアコちゃんの声が遠くの方からぼんやり聞えるような中で、私は辛うじて、

「間違いじゃないんですか、そんな筈はないんですけど」

受話器の中の声が笑いながら答えてくれた。

「間違いじゃありません、もう決ったんです。これから迎えに行きますから……」

私がモソモソしている中に電話は向うから切れた。

「早く、長谷川先生と戸川先生へ」

アコちゃんが血走った眼で私のハンドバッグの中から手帖を探してくれた。

電話番号を繰る。

「どっちから先に知らせようか……？」

おどおどと私は言った。

「どっちだって、そんな……」

彼女は歯がゆそうにどなった。

「電話が二つあるといいんだが……」

鯉男師匠が部屋中を歩き廻りながら呟く。

「長谷川先生の所は村上先生からお知らせ下すったかもしれないから……」

ぼそぼそ言う私にアコちゃんは決然と言った。

「四〇の二六一五」

私は夢遊病者の如くダイヤルを廻した。

戸川先生の奥様の声だ。続いて先生の声。

「君、そりゃあ本当に間違いないね。文藝春秋の方が知らせて下すったんだね」

私は思わず別の事を言ってしまった。

「先生、足が……お歩きになれたんですか……」

戸川先生が会津で車の事故のために怪我をなさったのは十四日の事である。ぐるぐると白布に包まれた先生の両足が殆んど歩行困難であることを、私はその日の午前中、お邪魔して見ているのだ。先生のお床がのべてある部屋から電話口まではかなりの距離があるのも知っている。

「いや……歩いちゃったらしい」

先生の声がふっと苦笑めく、とたんに私は鼻の奥がジンと熱くなった。

「それより君、僕もすぐ確めてみるけど、どこにいるの、深川、そばには……？　アコちゃん、それじゃ彼女についていて貰いなさい。僕は足がこんなで……」

気が気ではなさそうな先生は、すぐに、

「長谷川先生には……？」

と訊かれた。

「まだなんです。あの……」

「先生には一番にお知らせしなけりゃ、すぐに申上げなさい」

そそくさと電話を切り、改めてダイヤルをまわす。指が急に慄え出してカタカタと妙な音がしきりにする。

「それは、よかったわね。おめでとう……」

奥様の声の底にかすかな不安の響きが感じられて、私はすがりつきたいような気持になった。表に靴音がして、

「文藝春秋の者ですが……」

と玄関で止った。

「間違いなく本当です。文藝春秋新社の方が迎えに来られましたから……」

私は受話器を頰に押しつけて告げた。

「落付いてね、しっかり行ってらっしゃい」

切りにくい電話を置いて私は玄関へ出て行った。相手の挨拶も聞えない。出された名刺の字も読めない。目は見ても頭に入らないのだ。

「そんな恰好じゃあ……浴衣では失礼でしょう」

言いさしてアコちゃんは電話にとびついた。私の家へ電話をして至急、着物を持って来てくれるように言っている。切ってしまってから、

「でも、間に合わないわね」

と戸惑った顔をした。ブラウスを持ってくる。

「こんなハゲチョロケじゃみっともない」

「お前さん、しょうがないね、よりによってこんな日に、いくらすきだからってこんなの着て来るなんざ心がまえがなさすぎるよ」

アコちゃんと師匠のぼやく前で私はポカンとしていた。

「いいよ、お前さん、俺の女房の着物をきて行け」

そうだ、そうしろと師匠が思いつく。そうしなさいよ、と鯉男師匠のお母さまがグリーンの紗の着物に帯、襦袢、帯あげ、帯止メと並べて下さる。人形みたいに帯をしめて頂いている私の前でアコちゃんはしきりと髪のことを気にし

はじめた。

「だから美容院へ行っとけばいいのに、まるで法界坊だわ」

私はこの夏から髪を伸ばす決心をした。伸びかけだから始末におえないのだ。

「おまけにお化粧はしていないし……」

文藝春秋から迎えに来て下すった田中さんという方があきれたように我々を眺めている。珍妙な風景に違いないのだ。

「あのう、アコちゃん……友達なんですけど一緒に行ってもらってはいけませんか……」

私がおそるおそる訊くと、田中さんは、

「いいですよ」

と笑って下すった。

「可笑しくないかしら……変じゃない。私がついてったら、……でも、私がいないと心細いって当人が言いますし……」

ごちゃごちゃ言いながら、結局アコちゃんは私に腕を摑まれて車に乗った。すぐに軽いインタビューが始まる。ハイ、イイエ、ハイしか言えない私に、アコちゃんは専ら代弁してくれる。私は彼女の背中ばかり見ていた。着なれない借着のせいもあって自分が他人に感じられる。

「お腹がすいた……」

そっとアコちゃんにささやいたら、

「こんな時に……みっともない……」

と叱られた。彼女は胸が一杯でそれどころではないと言う。

文藝春秋新社に着く、わあっと人が囲んだ。下を向くより仕方がない。声と
ライトが入り乱れる中で私はアコちゃんの肩に獅嚙《しが》みついた。

（しっかりしなけりゃ、みっともない。先生に叱られる……）

辛うじて顔を上げる。とたんに、

「恋人、いますか」

「フィアンセは……？」

情ない話だが、頭の芯まで熱くなった。足がガクガクする。私は座りこみた
くなった。

「そんなもの、ありません。絶対にないんです……」

きっぱりしすぎたアコちゃんの声に、私はなんとなく悲しくなる。恥しいの
も一緒だ。

掌の上に名刺が積まれる。一生懸命にお辞儀をした。

芥川賞を受けられた斯波四郎さんに紹介された。

「毎日新聞ですから、あなたの先生の戸川さんはよく存知あげていますよ」

サンデー毎日の編集部にいらっしゃる斯波さんは、それからのインタービューの間、さりげなく私をかばって下さった。戸川先生と同じ新聞社の方というだけで、私にはひどく力強い気がした。正直言って隣家の小父さんめいた気易さも感じた。私は長身の斯波さんの後をちょこまかとついて歩いた。

フジテレビの方が新聞社の方と押し問答のあげく（そうだったと後で知った）私は斯波さんと車にのせられてフジテレビへ送られた。

「アコちゃん、来てよ。来てくれなきゃ……」

私が窓から叫んだのと、

「大丈夫、すぐ後から追っかけるから……」

と彼女が叫び返してくれたのだけ、はっきりと覚えている。

フジテレビでは三木鮎郎氏のスター千一夜のセットが待っていた。薄暗い、馴れないセットの脇をのそのそ歩いて行くと、不意に、

「おめでとう。平岩くん……」

私は地獄で仏に会ったような顔をした筈だ。相手は堤さんという田代先生のお弟子さんで白山会のメンバー。私とは二、三度の面識がある。嬉しかった。アコちゃんが追いついて来て堤さんに挨拶してくれる。パフを出して私の顔を叩いた。テレビと聞いて慌てたらしい。

「クリームもついてないんだもの……」

コンパクト（彼女の）をのぞいた私の顔は暗がりの中でも、粉を吹いたじゃがいもみたいだった。

そこへ、もう一人の直木賞受賞者の渡辺さんが来られた。和服の似合う、やさしそうな小母さまである。私はほっとした。鯉男師匠のお父さまである小島二朔氏を御存知だと言われる。

「本当ですか……まあ……」

私はめったやたらに喜んだ。

テレビはコチコチの儘《まま》で終った。アコちゃん曰く、

「やんなっちゃう、まるで顔を上げないんだもの。くしゃくしゃな髪ばかり映ってたわ」

おまけに私の顔は実物よりまんまるく、デブに映るという。しかし、そんな

事を嘆き悲しむ余裕もない。そのまま、又、車にのせられて文藝春秋へ逆もどり。

質問とカメラと、挨拶と打ち合せと。

午後十時すぎ、私はアコちゃんと文藝春秋新社からの車に送ってもらって我が家の石段の下へ。

「どうも遅く、有難うございました」

運転士さんに最敬礼をしてから二人は夜の中でぽつんと向き合った。

「どうも、お疲れさまで……」

「おめでとうございました」

彼女の口から漸くに出た祝いの言葉だった。私はその時、とうとう二人とも夜の御飯を食べそこねたのに気がついた。

歩き馴れた神社の石畳が自棄《やけ》に長い。玄関には大晦日の夜みたいに明りがついていた。

「ただいま」

と草履を脱ぐ。

「おかえり」

父と母がげっそりした顔を並べた。今まで電話と来客で右往左往していたという。

「どうも、お疲れさまで……」

私はひどく悪い事をしたような気がして手をついた。父と母が同時に言った。

「いいえ、どう致しまして、あなたこそお疲れさまで……」

電話のベルが鳴り、郵便屋さんが祝電を届けてくれた。親と子はそれでもまだ代り代りにお辞儀を繰り返していた。

作者の描いた作者と、そのまわりの人々がよく出ているので、前例がないかも知れないことを敢えてやった。

〔深川の稽古といい、西川鯉男師匠といっているのは、深川富岡八幡の舞踊の先生で西川鯉三郎直系の西川鯉男君ということである。平岩君はこの門人で、踊りの方の名は西川京という。「鯉男師匠のお父さまである小島二朔氏」とは、日本舞踊の有名な戯曲家で、代表作があり、又、『狂言作者』の著がある。「親友アコちゃん」はあの美人君だなとのみしか、私は知らない。〕

――「大衆文藝」　昭和三十四年九月号――

解説

伊東昌輝

平岩弓枝が昭和三十四年の夏『鏨師』で第四十一回直木賞を受賞したと知ったとき、私は正直なところ、心臓が一瞬とまったのではないかと思うほどの驚きを感じた。良かったなと思うと同時に、他人事ながら、彼女やっていけるかなと心配になった。

私はこのことを、確か葉山の海の家のラジオで聞いたように記憶するが、しばらくは自分の耳が信じられなかった。

というのも、彼女がいよいよ本格的に小説家の勉強をするために、戸川幸夫先生の紹介で新鷹会に入ってきたのが、ついこの前の年の三月で、長谷川伸先生のもとで作家修業をはじめてまだ僅かに一年とちょっとにすぎなかったからだ。

当時の新鷹会には、いわゆる高弟といわれる村上元三、山岡荘八、山手樹一郎、戸川幸夫、大林清、鹿島孝二などという方々がいて、そのほかにも、すでに直木賞を受賞した山田克郎氏、穂積驚氏、直木賞候補数回という池波正太郎氏などがいて、平岩弓枝は長谷川先生の弟子の中では新参も新参、もし番付を作るとすれば一番最後の虫眼鏡で見なければならないような所に位置するドン尻の存在だった。

私はそれより五カ月ほど前に入会していたが、彼女が入ってきて年齢的にも私がビリから二番目になった。

しかし、一番若くて新参の弟子ではあったが、彼女の創作意欲はものすごく、短期間のあいだに次々と作品を発表していった。

その頃、新鷹会は毎月十五日に二本榎の長谷川先生邸で行なわれていたが、毎月数本の作品が作者自身によって長谷川先生と会員の前で読み上げられ、良い作品は会の機関誌である『大衆文藝』に掲載されることになっていた。もっともこの方法は二十年後の今日でもまったく変らないが、平岩弓枝の作品は、ほとんど毎月といっていいほど『大衆文藝』誌上に登場した。まさに彗星のようなあらわれかただった。

私は年齢的にも近く、偶然、家も比較的そばだったので、いつの頃からか会の往き還りは行動を共にするようになった。自然、言葉も多く交わすようになったが、文学の話はほとんど出ず、彼女の好む話題はせいぜい宝塚少女歌劇か日本舞踊だった。彼女は西川流の踊りを稽古していて、間もなく名取りの試験があるとかで、一生懸命稽古に励んでいる最中だったのだ。

宝塚は春日野八千代のファン、松竹歌劇は小月冴子のファン、それから観世流のお仕舞の稽古に観世元昭師の処に行っているとか、三味線と鼓の稽古にも通っているなどということを、まるで少女のようにとりとめもなく彼女は私に話した。そのどの部分を切り取ってみても、まったく文学とは無関係なことばかりのように私には思えた。

文学歴を尋ねると、学生時代、演劇部に属していて『青い鳥』をやったとか『王昭君』をやったとか、女子大を卒業後、しばらく整形外科の病院の手伝いをしていて、それから一念発起して友人のツテを頼りに戸川幸夫先生に弟子入りして、何本かの作品を書いたくらいで、ほかには何の経験もないという。

ただ、いろいろ話していて感じたことは、日本の古典文学と歴史にひじょうに造詣が深いこと、歌舞伎をよく観ていること、日本の芸能やその世界に友人も多く且つ詳しいということだった。

勉強会の席上で読み上げられる作品は、いずれも文章の歯切れがよく、しかも鮮やかで、とても昨日や今日ぽっと出の新人のものではなかった。私など、隙があったらあとで批判しようと手ぐすねひいて待ちかまえていたが、ほとんど隙らしい隙もなく、がっちりとした構成にただ啞然とするばかりだった。

今でも多少そういう処があるのだが、普段の日常生活における平岩弓枝と、作家としての平岩弓枝とのあいだには随分大きな隔たりがあって戸惑うことがある。つまり、当時も普段の彼女は少女趣味で稽古事をたくさん抱えこんだ、ごく平凡なお嬢さんに見えたし、そして作品そのものは、これが二十代の女性のものかと驚くほどしっかりしたものだった。

これは別に彼女が意識してやっていることではなくて、この一見矛盾することが彼女の内部ではなんの抵抗もなく共存できるのだ。私も彼女を妻として長年暮してみて、ようやくそのことが納得できた。

たとえば、彼女の出世作であるこの『鏨師』という作品は、昭和三十三年の暮に、大晦日の家事や、実家である神社の行事などで大変せわしい両親に気がねしながら、毎日十枚のペースで書き上げたものだった。きっと彼女にとっては、原稿用紙に向ってペンを走らせることは、学校の宿題の針仕事をするのとほぼ同じ意識でなされていたのではないだろうか。

『鏨師』は、直木賞のその期の候補作品に間にあうように雑誌に載せるためには、勉強会で読んでいる暇がなく、書き上げるとすぐ『大衆文藝』に掲載され、予想通り候補作品になって、しかも幸運にも直木賞を受賞してしまったのだった。

私は今、幸運にもという言葉を使ったが、その頃、彼女の賞を幸運と思わない者はなかったし、彼女自身もそう思っていた。たしかに、あとで考えてみるとそういうこともあるのだが、もし、この作品で直木賞がとれなかったとしても、かならずいつかは直木賞を受賞したに違いない。彼女は、みんなが普段の彼女を見て考えていたよりもはるかに努力家で、たくましいファイトの持ち主だった。

彼女が受賞したことを知ったとき、私は良かったと思うと同時に、直木賞作家という重荷を背負ってはたしてやっていけるのだろうかという不安を感じたといったが、それが単なる杞憂にすぎなかったことを彼女は立派に証明してみせてくれた。

長谷川先生は、よく勉強会の席で若い私たちに、

「頭でっかちになるな、理屈を言う前にまず書くことだ」

と言われたが、そういう意味では、平岩弓枝は忠実に先生の言葉を守って来たと思う。その結果が今日の仕事であり成果なのだ。

私は、平岩弓枝という作家は、まったく作家らしくない作家だと思う。それは昔も今も変らない。長谷川先生は彼女のことを、

「アンテナのいい子だ」

と言われ、彼女もそれを誇りにしているが、このアンテナの良さは、彼女の作家らしくない部分、つまり極めて日常的なナイーブな部分にこそ張りめぐらされているような気がしてならない。そしてそれを吸収し消化する力を、この『鑿師』以来、彼女は縫い物や編み物の得意な主婦のように、なんなく自分のものとしてしまったのだ。

初出誌一覧

鏨師　「大衆文藝」昭和34年2月号
神楽師　「大衆文藝」昭和33年9月号
つんぼ　「大衆文藝」昭和32年8月号
狂言師　「大衆文藝」昭和34年7月号
狂言宗家　「オール讀物」昭和34年10月号

本書は1977年刊の文春文庫「鑿師」の新装版です。収録作品中に「つんぼ」など、差別的ともとられかねない表現がありますが、これは、登場人物たちの芸を極める執念がぶつかり合う中で発せられたものであり、愛憎の深さを表現するためには外せない言葉だと考えます。もとより作者に差別を助長する意図はありません。初出のままといたしました。

文春文庫編集部

文春文庫

鏨《たがね》 師《し》

定価はカバーに表示してあります

2008年12月10日 新装版第1刷
2020年5月25日 第5刷

著 者 平《ひら》岩《いわ》弓《ゆみ》枝《え》

発行者 花田朋子
発行所 株式会社 文藝春秋

東京都千代田区紀尾井町3-23 〒102-8008
TEL 03・3265・1211㈹
文藝春秋ホームページ http://www.bunshun.co.jp

落丁、乱丁本は、お手数ですが小社製作部宛お送り下さい。送料小社負担でお取替致します。

印刷製本・凸版印刷

Printed in Japan
ISBN978-4-16-771009-5

（　）内は解説者。品切の節はご容赦下さい。

平岩弓枝
下町の女
かつては「新橋」「柳橋」に次ぐ格式と規模を誇った下谷の花柳界だが、さびれゆく一方であった。そんな時代を清々しく生きる、名妓とその娘の心意気。下谷花柳小説ここにあり。

ひ-1-125

平岩弓枝
秋色（上下）
有名建築家と京都の名家出身の妻、この華麗なる夫婦の実態は……。シドニー、麻布、銀座、奈良、京都、伊豆山と舞台を移して、華やかに、時におそろしく展開される人間模様。

ひ-1-126

平岩弓枝
肝っ玉かあさん
東京・原宿にある蕎麦屋「大正庵」の女主人・大正五三子は、太っ腹で、世話好きで、涙もろいお人好し。ひと呼んで「肝っ玉かあさん」。蕎麦屋一家の人間模様を軽妙に描く長篇小説。

ひ-1-128

平岩弓枝
御宿かわせみ
「初春の客」「花冷え」「卯の花匂う」「秋の螢」「倉の中」「師走の客」「江戸は雪」「玉屋の紅」の全八篇を収録。江戸大川端の小さな旅籠「かわせみ」を舞台とした人情捕物帳シリーズ第一弾。

ひ-1-201

平岩弓枝
江戸の子守唄
御宿かわせみ2
表題作ほか、「お役者松」「迷子石」「幼なじみ」「宵節句」「ほととぎす啼く」「七夕の客」「王子の滝」の全八篇を収録。四季の風物を背景に、下町情緒ゆたかに繰りひろげられる人気捕物帳。
ひ-1-202

平岩弓枝
水郷から来た女
御宿かわせみ3
表題作ほか、「秋の七福神」「江戸の初春」「湯の宿」「桐の花散る」「風鈴が切れた」「女がひとり」「夏の夜ばなし」「女主人殺人事件」の全九篇。旅籠の女主人るいと恋人で剣の達人・東吾の活躍。
ひ-1-203

平岩弓枝
山茶花《さざんか》は見た
御宿かわせみ4
表題作ほか、「女難剣難」「江戸の怪猫」「鴉を飼う女」「鬼女」「ぼてふり安」「人は見かけに」「夕涼み殺人事件」の全八篇。女主人るい、恋人の東吾とその親友・畝源三郎が江戸の悪にいどむ。
ひ-1-204

（　）内は解説者。品切の節はご容赦下さい。

平岩弓枝
幽霊殺し
御宿かわせみ5

表題作ほか、「恋ふたたび」「奥女中の死」「川のほとり」「源三郎の恋」「秋色佃島」「三つ橋渡った」の全七篇。江戸の風物と人情、そして、「かわせみ」の女主人るいと恋人の東吾の色模様も描く。

ひ-1-205

平岩弓枝
狐の嫁入り
御宿かわせみ6

表題作ほか、「師走の月」「迎春忍川」「梅一輪」「千鳥が啼いた」「子はかすがい」の全六篇を収録。美人で涙もろい女主人るい、恋人の東吾、幼なじみの同心・畝源三郎の名トリオの活躍。

ひ-1-206

平岩弓枝
酸漿《ほおずき》は殺しの口笛
御宿かわせみ7

表題作ほか、「春色大川端」「玉菊燈籠の女」「能役者、清大夫」「冬の月」「雪の朝」の全六篇を収録。おなじみの人物を縦横に活躍させて、江戸の風物と人情を豊かにうたいあげる。

ひ-1-207

平岩弓枝
白萩屋敷の月
御宿かわせみ8

表題作ほか、天野宗太郎が初登場する「美男の医者」「恋娘」「絵馬の文字」「水戸の梅」「持参嫁」「幽霊亭の女」「藤屋の火事」の全八篇。ご存じ〝かわせみ〟の面々が大活躍する人情捕物帳。

ひ-1-208

平岩弓枝
一両二分の女
御宿かわせみ9

表題作ほか、「むかし昔の」「黄菊白菊」「猫屋敷の怪」「藍染川」「美人の女中」「白藤検校の娘」「川越から来た女」の全八篇。江戸の四季を背景に、人間模様を情緒豊かに描く人気シリーズ。

ひ-1-209

平岩弓枝
閻魔まいり
御宿かわせみ10

表題作ほか、「蛍沢の怨霊」「金魚の怪」「露月町・白菊蕎麦」「源三郎祝言」「橋づくし」「星の降る夜」「蜘蛛の糸」の全八篇収録。小さな旅籠を舞台にした、江戸情緒あふれる人情捕物帳。

ひ-1-210

平岩弓枝
二十六夜待《にじゅうろくやまち》の殺人
御宿かわせみ11

表題作ほか、「神霊師・於とね」「女同士」「牡丹屋敷の人々」「源三郎子守歌」「犬の話」「虫の音」「錦秋中仙道」の全八篇。今日も〝かわせみ〟の人々の推理が冴えわたる好評シリーズ。

ひ-1-211

（　）内は解説者。品切の節はご容赦下さい。

文春文庫　平岩弓枝の本

平岩弓枝
夜鴉《よがらす》おきん
御宿かわせみ12
江戸に押込み強盗が続発、「かわせみ」へ届けられた三味線流しおきんの結び文が解決の糸口となる。他に名品と評判の「岸和田の姫」「息子」「源太郎誕生」など全八篇の大好評シリーズ。
ひ-1-212

平岩弓枝
鬼の面
御宿かわせみ13
節分の日の殺人、現場から鬼の面をつけた男が逃げて行った。表題作の他「麻布の秋」「忠三郎転生」「春の寺」など全七篇。大川端の御宿「かわせみ」の面々による人情捕物帳。（山本容朗）
ひ-1-213

平岩弓枝
神かくし
御宿かわせみ14
神田界隈で女の行方知れずが続出する。神かくしはとかく色恋のつじつまあわせに使われるというが……東吾の勘がまたも冴える。御宿「かわせみ」の面々がおくる人情捕物帳全八篇。
ひ-1-214

平岩弓枝
恋文心中
御宿かわせみ15
大名家の御後室が恋文を盗まれ脅される。八丁堀育ちの血が騒ぎ、東吾がまたひと肌脱ぐも……。表題作ほか、るいと東吾が晴れて夫婦となる「祝言」「雪女郎」「わかれ橋」など全八篇収録。
ひ-1-215

平岩弓枝
八丁堀の湯屋
御宿かわせみ16
八丁堀の湯屋には女湯にも刀掛がある、という八丁堀七不思議の一つが悲劇を招く。表題作ほか、「ひゆたらり」「びいどろ正月」「煙草屋小町」など全八篇。大好評の人情捕物帳シリーズ。
ひ-1-216

平岩弓枝
雨月
御宿かわせみ17
生き別れの兄を探す男が、「かわせみ」の軒先で雨宿りをしていた。兄弟は再会を果たすも、雨の十三夜に……。表題作ほか「尾花茶屋の娘」「春の鬼」「百千鳥の琴」など全八篇を収録。
ひ-1-217

平岩弓枝
秘曲
御宿かわせみ18
能楽師・鷺流宗家に伝わる一子相伝の秘曲を継承した美少女に魔の手が迫る。事件は解決をみるも、自分の隠し子らしき男児が現われ、東吾は動揺する。「かわせみ」ファン必読の一冊！
ひ-1-218

平岩弓枝
かくれんぼ
御宿かわせみ19
品川にあるお屋敷の庭でかくれんぼをしていた源太郎と花世は隣家に迷い込み、人殺しを目撃する。事件の背後には――。表題作ほか「マンドラゴラ奇聞」「江戸の節分」など全八篇収録。
ひ-1-219

平岩弓枝
お吉《きち》の茶碗
御宿かわせみ20
「かわせみ」の女中頭お吉が、大売り出しの骨董屋から古物を一箱買い込んできた。やがて店の主が殺され、東吾はお吉の買物の中身から事件解決の糸口を見出す。表題作ほか全八篇。
ひ-1-220

平岩弓枝
犬張子の謎
御宿かわせみ21
花見の道すがら、るいが買った犬張子には秘められた仔細があった。玩具職人の、孫に向けた情愛が心を打つ表題作ほか「独楽と羽子板」「鯉魚の仇討」「富貴蘭の殺人」など全八篇収録。
ひ-1-221

平岩弓枝
清姫おりょう
御宿かわせみ22
宿屋を狙った連続盗難事件の陰に、江戸で評判の祈禱師、清姫稲荷のおりょうの姿がちらつく。果してその正体は？　「横浜から出て来た男」「穴八幡の虫封じ」「猿若町の殺人」など全八篇。
ひ-1-222

平岩弓枝
源太郎の初恋
御宿かわせみ23
七歳になった初春、源太郎が花世の歯痛を治そうとして巻き込まれたのは放火事件だった――。表題作ほか、東吾とるいに待望の長子・千春誕生の顚末を描いた「立春大吉」など全八篇収録。
ひ-1-223

平岩弓枝
春の高瀬舟
御宿かわせみ24
江戸で屈指の米屋の主人が高瀬舟で江戸に戻る途上、変死した。懐中にあった百両もの大金から下手人を推理する東吾の活躍を描く表題作ほか、「二軒茶屋の女」「紅葉散る」など全八篇。
ひ-1-224

平岩弓枝
宝船まつり
御宿かわせみ25
宝船祭で幼児がさらわれた。時を同じくして「かわせみ」に逗留していた名主の嫁が失踪。事件の背後には二十年前の同様の子さらいが……。表題作ほか「冬鳥の恋」「大力お石」など全八篇。
ひ-1-225